Conan il Barbaro
Nona parte

Erika Sanders

Conan il Barbaro:
Nona Parte

Erika Sanders

Serie
Conan il Barbaro Vol. 33 a 36

Sinossi

Incontra le donne nella vita di Conan come non ti è mai stato detto prima ...

Dopo nuove avventure e nuovi trionfi, Conan e il suo gruppo tornano nella città dove ora è la loro casa, Tarantia.

Il ritorno farà perdere loro le avventure? o sarà migliore del previsto?

Questa pubblicazione contiene i volumi dal 33 al 36:

33 - Zora

34 - Eloise

35 - Iris

36 - Yasimina

(Tutti i personaggi hanno 18 anni o più)

Nota sull'autrice:

Erika Sanders è una nota scrittrice internazionale, tradotta in più di venti lingue, che firma i suoi scritti più erotici, lontani dalla sua prosa abituale, con il suo nome da nubile.

Indice:

CONAN IL BARBARO
NONA PARTE
ERIKA SANDERS

CAPITOLO XXXIII
ZORA

Zora guardò l'acqua davanti a loro, riempiendo il tunnel mentre scendeva in profondità.

Che Cassandra volesse che lei nuotasse, era semplicemente ridicolo.

Inoltre, si era già pentita di aver accettato di aiutare il semidemone.

Ma il problema era che lei era troppo presa da questo per fare marcia indietro.

L'unica via di fuga da quel passaggio di cui era a conoscenza era attraverso un'orrenda barriera di vegetazione carnivora che non aveva idea di come neutralizzare.

Se avesse cercato di andarsene, probabilmente sarebbe morto nel tentativo.

Ma anche andare avanti non sembrava la cosa più sicura.

Doveva cercare di fare appello a qualunque senso di conservazione che Cassandra potesse ancora avere.

"Non sappiamo fino a che punto arriva l'acqua", ha detto, "potremmo annegare".

"Non sarà così lontano. E siamo in buona forma fisica; possiamo nuotare."

La donna mezzo demone sembrava abbastanza positiva.

Zora quasi le chiese come potesse esserne così sicura, ma respinse la domanda.

Naturalmente era la Presenza; quella strana entità infernale che gli parlava nella sua testa, o qualunque cosa facesse.

"Beh, ma non dimenticare, c'è una specie di entità celeste dall'altra parte", ha detto, "la creatura che abbiamo combattuto prima era una cosa, ma come possiamo sperare di combattere un essere celeste? Non ne so molto su di loro, ma so che sono incredibilmente potenti. Scommetto che anche gli avventurieri incalliti ci penserebbero due volte prima di affrontare uno di loro, e gli permetteremo di saltarci addosso mentre cerchiamo di uscire dall'acqua. suicidio! "

Cassandra la fissò e, per un momento, il suo viso si trasformò, le sue corna crebbero, i suoi occhi diventarono rosso sangue, le sue labbra dischiuse rivelarono denti aguzzi e appuntiti.

"Continuiamo", ha detto con una voce gutturale e più profonda di quanto fosse una volta.

Poi, solo un secondo dopo, è tornato alla normalità.

Zora indietreggiò.

Non gli piaceva quello che era diventato il semidemone.

Come la sua eredità demoniaca fosse molto più forte ora di prima, e come a volte si mostrasse molto visibilmente, quindi sicuramente doveva anche offuscare i suoi pensieri.

Aveva accettato di aiutarla a causa della promessa di ricchezza e potere, ma come faceva a sapere che poteva fidarsi di questa donna per mantenere quella promessa?

Era stato un errore accettarlo.

Ma, se in tutta onestà, era troppo spaventata per cambiare idea ora, anche se quella era stata un'opzione.

Sapeva nel profondo, con un senso di desolazione, che avrebbe dovuto seguire Cassandra nell'acqua e nel paradiso.

Sperava solo di non morire durante il processo.

Non disse altro, si limitò a guardare il terreno e poi, ancora una volta, l'acqua, le spalle che si abbassarono per la rassegnazione.

Cassandra non disse nient'altro e iniziò a togliersi gli stivali.

Quindi il diluvio è durato abbastanza a lungo che non volevano essere carichi di vestiti pesanti, pensò Zora, mentre il semidemone continuava a spogliarsi.

Eccellente.

Almeno l'acqua sarebbe stata calda.

Drog evidentemente intuì la sua sottomissione e iniziò a togliersi la camicia, rivelando un ampio petto grigio-verde increspato dai muscoli.

Ma dubitava che la sua capacità di combattere all'aperto avrebbe aiutato molto contro ciò che stavano per affrontare.

Con riluttanza, Zora iniziò a unirsi a loro spogliandosi.

Si è scoperto che Cassandra indossava biancheria intima da uomo che non mostrava nulla della sua figura, anche se francamente, viste le circostanze, Zora dubitava che, in ogni caso, se avesse visto la carne che l'avrebbe distratta di più.

Inoltre, il suo interesse per le altre donne era alimentato più dal desiderio di corrompere i virtuosi per godere di qualcosa che sovverte i loro principi morali, che da qualcosa di più apertamente fisico.

E Cassandra era già troppo corrotta perché questo fosse significativo.

Il ladro si rimise la cintura, tenendo in mano la sua spada corta e una borsa contenente i dispositivi magici che aveva portato con sé.

Poi si voltò verso Zora, un sorriso falso sul volto.

"Seguimi," disse, con una voce che suonava fastidiosamente allegra.

Evidentemente si stava godendo il disagio della maga.

Cagna.

Cassandra entrò nell'acqua, camminando finché non fu abbastanza profonda da affondare la testa e scomparire.

Drog, che indossava solo un paio di pantaloncini e stringendo saldamente la sua ascia, la guardò alla luce della sua luce magica.

Non sembrava spaventato, rifletté.

Anche se sospettava che fosse possibile perché lui non aveva compreso appieno la situazione.

"Vado per primo", ha detto, e continuava a saltare in acqua.

Zora trasalì, rendendosi conto di essere sola quando la testa di Drog scomparve sotto la superficie scivolosa.

Doveva seguirlo rapidamente in modo che avesse un po 'di luce: Cassandra sembrava non averne bisogno, ma anche la visione notturna di un mezzo orco non poteva far fronte all'oscurità assoluta di un labirinto sotterraneo.

Tutto quello che si era tolta erano la vestaglia e le scarpe, sentendosi come se non volesse davvero essere mezza nuda quaggiù.

Indossare un vestito sarebbe stato scomodo, ed era esattamente per questo che non lo indossava oggi, solo pantaloni neri attillati e una maglietta abbinata su una camicia di lino bianca.

Dovrebbe essere abbastanza leggero da non appesantirlo, anche se le assicurazioni di Cassandra sulla lunghezza del passaggio sommerso erano state sopravvalutate.

O almeno così speravo.

Accidenti a quella dannata donna dall'inferno.

Infilando la sorgente luminosa della luce magica tra i lacci dei suoi pantaloni, entrò in acqua, camminando a passo svelto finché non raggiunse i suoi fianchi.

Aveva ragione sul fatto che faceva caldo, anche se aveva un odore sgradevole di minerali che lo rendeva inadatto per fare il bagno.

Seguendo gli altri, fece un respiro profondo, si chinò in avanti e abbassò la testa, lontano dalla pietra che si apriva sotto i suoi piedi e nell'oscurità al di là.

La sua luce magica aveva scarso effetto sull'acqua torbida, solo brillando e dandogli brevi scorci di pareti di pietra e un soffitto sommerso davanti.

Continuò ad avanzare con movimenti decisi, muovendosi il più velocemente possibile nell'oscurità incerta.

Il viaggio sembrava durare per sempre, per continuare molto più a lungo di quanto si aspettasse.

I suoi polmoni stavano iniziando a contrarsi, ma si rese conto di essere troppo lontano per tornare indietro.

Dannazione ... dannazione ... stronza, pensò.

E dannazione per aver accettato questo.

C'era luce davanti.

Un bagliore arancione che scende dall'alto.

Senza soffermarsi a pensare di più al motivo per cui si tuffava, sentì un dolore al petto mentre lottava per evitare di respirare.

Solo un secondo dopo, anche se sembrava molto più lungo, riemerse, senza fiato.

Seguito da una maledizione contro la donna infernale sulle sue labbra.

Qualche istante dopo, si rese conto che c'erano urla e scoppi davanti a lei.

Ovviamente c'era una rissa nelle vicinanze, ma i suoi lunghi capelli neri le attraversarono il viso e non riuscì a distinguere nulla, a parte il fatto che lì c'era luce.

Avrei dovuto legarlo a lui, pensò, rigirandolo e alzando le mani in un gesto per lanciare un incantesimo.

Qualcosa aleggiava verso di lei.

Qualcosa di umanoide e dorato, che blocca la luce.

Zora era una venditrice di oggetti magici, non una maga da combattimento, e non conosceva molti incantesimi da combattere.

Ma lei sapeva qualcosa e lanciava la cosa più letale che conosceva contro qualunque cosa le fosse di fronte.

Con un lampo di luce bianca, l'incantesimo rimbalzò innocuo sulla pelle della cosa.

Parlava, con un ordine di comando in una lingua che non aveva mai sentito.

Non riusciva nemmeno ad articolare i suoni della parola.

Non avrebbe mai potuto ripetere quelle sillabe incredibilmente ineffabili, eppure riecheggiavano nel suo cervello più e più volte.

E tutto è diventato nero.

* * *

Non era incosciente, e quella era la cosa spaventosa.

Ma non poteva muoversi, non poteva vedere, non poteva nemmeno sentire niente.

In qualche modo sentì vagamente di essere stata commossa, e il calore dell'acqua intorno a lei svanì, per essere sostituito da una sensazione più secca e fresca.

La paralisi le fece diventare insensibile il corpo e non aveva più idea di cosa stesse succedendo.

Zora lottò per controllare la sua paura, consapevole di non poter nemmeno urlare, e che era completamente in balia di qualunque cosa le facesse questo, senza dubbio, l'essere celeste.

Erano stati sconfitti, questo era chiaro.

Tutti i loro avvertimenti erano ora pienamente giustificati poiché avevano affrontato qualcosa che li aveva respinti come se non fossero altro che insetti irritanti.

E non c'era niente che potesse fare al riguardo, niente che potesse fare per proteggersi.

Tutto quello che poteva fare era aspettare e vedere cosa era successo, vedere se c'erano poche possibilità di salvarsi in qualche modo.

Ma temeva che l'essere li avrebbe semplicemente uccisi prima.

Uno di loro era contaminato dai demoni, dopotutto.

La sua audizione è stata il primo senso a tornare.

Poteva sentire qualcosa che camminava su un pavimento ruvido, e il suono del suo stesso respiro, e uno scoppiettio ... sì, un fuoco scoppiettante da qualche parte.

Tuttavia, nient'altro, e in realtà non è stato di grande aiuto.

L'oscurità cominciò a svanire.

Una macchia arancione apparve davanti ai suoi occhi e lui crebbe, concentrandosi mentre iniziava a osservare la telecamera intorno a lui.

Era sdraiata su un fianco, ancora incapace di fare altro che sbattere le palpebre, fissando una stanza sotterranea.

Il pavimento era rivestito di pietra grezza e il soffitto si estendeva fuori dal suo campo visivo, mentre le pareti assomigliavano molto a quelle dei tunnel sotterranei.

Una colonna di qualche tipo occupava il centro della stanza, proiettando un'ombra nella luce crepitante del fuoco al di là.

Non poteva muovere la testa per vedere la sua maglia.

Il fuoco doveva essere magico, altrimenti in quale altro modo la cosa avrebbe trovato carburante qui?

Inoltre, la stanza non era piena di fumo.

Nel caso ci fosse stato qualche dubbio, era ormai chiaro che l'essere era magicamente più potente di lei.

All'inizio, non poteva vedere il celeste stesso, sebbene potesse sentirlo muoversi.

Dal suo angolo, tutto ciò che era visibile erano le gambe nude di Drog, distese sulla pietra e quella che doveva essere la mano di Cassandra, che spuntava da dietro il pilastro.

Quando l'essere finalmente apparve, la sua natura era ovvia.

È vero che sapeva poco dei diversi tipi di questo essere, ma che in realtà fosse un celeste era fuori discussione.

Era, pensò, alto circa sette piedi, forse un po 'di più.

Umanoide, ad eccezione delle grandi ali piumate bianche che immaginò dovessero spuntare dalle sue spalle, sebbene potesse vedere solo le loro metà inferiori da dove si trovava.

Indossava sandali e un kilt bianco con strisce di stoffa argentata che lo decoravano.

In cima c'era una cintura con il sacro simbolo dorato del dio Sole come fibbia.

Anche la sua pelle era di un color oro brunito, quasi metallico, non come una semplice pittura per il corpo, e brillava alla luce riflessa del fuoco: la sua stessa luce magica sembrava essersi spenta.

Sembrava nudo dalla vita in su, anche se, incapace di muovere la testa, poteva vedere solo la parte inferiore del busto, le gambe e parte delle ali.

A parte il colore e la sua statura, tutto quello che vedeva era che non aveva l'ombelico, solo la pelle liscia sulla pancia e che le sue gambe erano chiaramente muscolose.

Come, senza dubbio, sarebbe il resto, se potesse vederlo.

Le sensazioni cominciarono a tornare.

La sensazione di pietra grezza sotto il tuo corpo e una sensazione di formicolio ai piedi e alle dita.

Sperimentalmente, ha flesso una mano e le dita si sono mosse.

Ma le sue gambe e le sue braccia si rifiutavano ostinatamente di seguire l'esempio.

L'essere si voltò e fece un passo verso di lei.

Adesso non poteva vedere niente sopra le ginocchia, anche se, anche nell'ombra che proiettava, era abbastanza vicino da poter vedere chiaramente la sua pelle.

Era completamente glabro, mancavano anche i pori che normalmente ricoprono la pelle umana, quasi come se la sua pelle fosse fatta di un metallo dorato flessibile.

Non lontanamente umano, quindi, a prescindere dalla sua forma generale.

"Ti svegli," disse.

La voce era profonda, risonante, disumanamente morbida, e non era nemmeno sicura di sentirla davvero, almeno non con le orecchie.

Invece, la voce sembrava essere dentro la sua testa, anche se poteva dire che proveniva dall'essere in piedi di fronte a lei.

"Va bene."

Cosa vorrei?

Almeno non c'era alcuna possibilità che tentasse di violentarla.

Come un Dio del Sole celeste, quella dannata cosa sarebbe probabilmente asessuata, e inoltre, sarebbe un modello di nobiltà, legge e generale pudica decenza.

Mosse le labbra e vide che stavano rispondendo lentamente alla sua volontà, e cercò di parlare, ma uscì come un mormorio finale, la sua lingua si muoveva a malapena.

"Chi sono? Perché sono qui?"

"Uhm ... non lo dico" riuscì a dire.

La sua voce sembrò tornare, anche se lentamente.

Potresti anche muovere leggermente i piedi.

Sebbene ciò che avrebbe potuto fare anche quando il pieno controllo del suo corpo fosse tornato, non ne aveva idea.

"Non è necessario che tu resista", disse, prendendo apparentemente la richiesta alla lettera, "me lo dirai e io saprò se dici una parola di falsità".

"Vaffanculo," disse, pronunciando le parole con attenzione, e compiaciuta del suo successo nel farlo.

Il celeste si chinò e l'afferrò sotto una spalla, mettendola in posizione verticale e poi spingendola contro il muro, che si trovava a pochi centimetri dietro di lei.

Scoprì che poteva tenere la testa alta, ma non aveva ancora la forza di stare in piedi da sola, anche se un formicolio alle gambe le diceva che non ci sarebbe voluto molto tempo per farlo.

"Perché sei qui? Perché ne hai portato uno con una macchia di demone dentro?"

La testa del celeste era priva di peli come il resto del suo corpo, sebbene più o meno umana nelle sue caratteristiche generali.

Tuttavia, i suoi occhi brillavano di una luce interiore, senza pupille o iride visibile, solo un bagliore bianco senza caratteristiche.

La sua espressione mostrava che sapeva di avere il pieno controllo della situazione e che non era più preoccupato per lei che per una zanzara errante.

"Cosa ti fa pensare che te lo direi?"

"La tua vita ti importa così poco?"

"Prometti di perdonarmi se rispondo onestamente?"

Forse aveva una possibilità.

Non aveva remore a tradire Cassandra, soprattutto dopo quello che era successo, ma aveva bisogno che lei facesse la promessa prima di correre il rischio.

Il celeste distolse lo sguardo e non disse nulla.

Il suo cuore sussultò quando si rese conto che era sicuramente condannata.

Dopo una pausa, si voltò a guardarla, concentrandosi su di lei con quegli occhi opalescenti illeggibili.

"Tuttavia. Me lo dirai."

La sua arroganza e certezza cominciavano a irritarla.

Era ben consapevole di averla premuta contro il muro, che stava riprendendo a malapena il controllo dei suoi arti, e che la sua maglietta era fradicia, aderendo alla sua pelle e facendola sembrare vulnerabile come si sentiva.

È tempo di dimostrare che, indipendentemente dalla situazione, aveva ancora dei combattimenti dentro di lei.

"Mi stai abbracciando così in modo da poter dare una buona occhiata alle mie tette?" lo schernì, sapendo chiaramente che non sarebbe stato per questo, ma non pensando a un altro modo per sembrare provocatorio nella sua posizione attuale.

La creatura celeste distolse improvvisamente lo sguardo, rifiutandosi di guardarla mentre muoveva la bocca come per parlare, poi la richiuse.

Un secondo dopo, si voltò a guardarla.

"Non dire parole così scortesi in mia presenza, mortale," disse, con un accenno di rabbia nella voce.

Ma aveva visto la sua reazione e, umano o no, il suo significato era inequivocabile.

Inoltre non poteva fare a meno di notare che aveva effettivamente negato l'accusa.

Non aveva senso, perché un tale essere dovrebbe sicuramente essere libero da ogni desiderio carnale.

Il Dio Sole non renderebbe un tale essere corruttibile, quindi quale sarebbe la ragione di ciò?

Improvvisamente ricordò le sue parole pronunciate prima, quando aveva chiesto sarcasticamente se gli antichi avventurieri avessero creato un santuario per Ymir quaggiù per evocare un celeste.

Ora sapeva di essersi sbagliato su quale dio avessero scelto, ma in qualche modo dovevano ancora evocarlo, e la luce del sole era scarsa qui.

Poi la verità cadde su di lei e i suoi occhi si spalancarono per un'improvvisa realizzazione.

Non avevano creato un santuario, non nel senso convenzionale.

Avevano eseguito un rito di adorazione a una divinità diversa e invocato il Dio Sole attraverso di lei.

Gli avventurieri avevano usato Muriela come loro condotto e, in qualche modo, ciò che avevano evocato era stato contaminato da quella connessione!

Il celeste sentiva il desiderio sessuale a causa del modo in cui era stato evocato.

Era corruttibile, ma solo giusto.

Tuttavia, quello era tutto ciò di cui Zora aveva bisogno per controllare la situazione; la corruzione era una parte centrale del loro commercio.

L'entità non lo sapeva ancora, ma le cose avevano già iniziato a cambiare.

"Vuoi una prospettiva migliore?" disse, le dita che lottavano contro la paralisi che si stava ritirando per tirare fuori la sua maglietta dai pantaloni.

Con un braccio tremante, la tirò su sul petto, lasciando che i suoi grandi seni penzolassero liberi, ancora leggermente umidi dall'acqua.

Il celeste la lasciò improvvisamente, voltandosi e usando il suo braccio per coprirle gli occhi.

"Nessun mortale può tentarmi con cose così effimere," affermò, anche se la sua voce ora sembrava alquanto indecisa.

Zora si rese conto che adesso poteva stare in piedi, anche se in parte accasciata contro il muro.

Le sue gambe potevano quasi sostenerla, purché non cercasse di allontanarsi troppo dal supporto.

Con movimenti sempre più sicuri, si tirò la camicia sopra la testa e la gettò via.

Il celeste si rifiutava ancora di guardarla.

"Mettiti i vestiti, mortale," gli ordinò.

"Molto bene," disse, mettendo un falso accenno di sottomissione nella sua voce, "Adesso puoi guardare".

Mentre parlava, si passò le mani sui seni, accarezzandole i capezzoli pallidi e massaggiandoli in modo allettante.

Il celeste, un po 'ingenuo, si voltò verso di lei e il suo viso mostrò un chiaro shock per ciò che vedeva.

"Come osi essere così sfacciato di fronte a me?"

"Vorresti che queste fossero le tue mani, giusto? Scommetto che hai anche avuto qualche sensazione mentre mi tiravi fuori dall'acqua e mi toccavi le tette."

"Io ... non dovrei ... non dovrei nemmeno ascoltare un'accusa così falsa."

"Lo hai fatto, vero?" disse, rendendosi conto che era vero, "non potevi resistere all'opportunità!"

"Non parlarmi in quel modo".

La creatura celeste si lanciò in avanti, afferrandogli le braccia per i polsi e allontanandole dal petto, mettendole contro il muro.

Sentendosi più forte ogni secondo, Zora si spinse in avanti in modo che i suoi seni sfiorassero la pelle nuda del busto glabro del celeste.

Il suo tocco era caldo, si rese conto, notevolmente più caldo di qualsiasi essere umano, anche se fortunatamente non abbastanza da bruciare.

I suoi capezzoli formicolavano alla sensazione e sapeva che la paralisi era finalmente svanita per sempre.

"Non devi nemmeno toccarmi in quel modo. Sono un agente del divino!"

Le lasciò le mani e cercò di tirarla via dal suo petto, realizzando all'ultimo secondo che le sue mani stavano ora tenendo a coppa ciascuno dei suoi seni.

Zora si dimenò in modo seducente contro il muro, e la creatura celeste la tenne lì, con gli occhi spalancati mentre le sue dita le devastavano i seni, stringendo e accarezzando, strofinando e circondando i suoi capezzoli eretti.

La sua resa a tale palese lussuria gli fece venire un brivido di eccitazione attraverso il suo corpo, un dolore struggente che si formava nel suo intestino.

Stava seducendo un celeste, autoproclamato agente dei poteri divini ... solo questo pensiero la faceva bagnare.

All'improvviso se ne andò, come se si fosse appena reso conto di quello che stava facendo.

Si voltò di nuovo, coprendosi il viso con le mani e allargò le ali verso di lei.

"Non!" gridò: "Non tentarmi, sporca puttana. Perché sono forte, e quei pensieri carnali non influenzano uno come me. Chiedi perdono o morirai".

D'accordo, pensò Zora, vediamo cosa posso fare per te.

Si inginocchiò umilmente, incrociando le braccia sul petto.

"Mi dispiace," disse, "devi perdonarmi per le mie azioni."

Si voltò di nuovo, pronto a parlare, così colse l'occasione per liberarlo dal suo kilt, dandogli uno strattone finché non si liberò e cadde a terra.

Che fosse un attributo naturale di questo tipo di esseri, o qualcosa legato al modo in cui era stato convocato in questo mondo, fu sollevata di scoprire che aveva tutto l'equipaggiamento naturale di qualsiasi maschio umano.

Aveva anche un'erezione che si stava lentamente indurendo.

"Come osi guardare una cosa del genere?" esclamò: "Quelle parti non sono per te da vedere".

Dato che l'essere era alto più di sette piedi, non c'era da meravigliarsi che il suo pene fosse di dimensioni considerevoli, con una circonferenza sufficientemente ampia.

Il suo inguine era, naturalmente, glabro come il resto, e l'oro puro del suo membro indurito brillava alla luce riflessa del fuoco.

L'afferrò prima che il celeste potesse girarsi di nuovo, facendo scorrere la mano lungo la sua grande lunghezza.

La pelle era liscia, non metallica, ma completamente liscia, più simile alla seta che alla carne umana.

"Lasciami andare! Non puoi toccarmi ... aspetta ... cosa stai facendo?"

Quello che stava facendo era inclinare la testa in avanti, tirare giù il grosso cazzo, baciarne la punta e poi spingerlo in bocca.

Aveva il sapore di acqua fresca, rifletté mentre faceva scorrere la lingua lungo la sua liscia lunghezza, senza un accenno di sudore o muschio.

Il celeste era completamente duro ora mentre faceva scivolare indietro il prepuzio con la lingua, premendo il glande contro la parte posteriore della gola.

"No ..." ansimò, non facendo più nulla per fermarla. "Non devi farlo. È proibito."

Zora sentì la sua crescente sottomissione alla sua volontà mentre scuoteva la testa da un lato all'altro, mentre la saliva scivolava via dalla sua straordinaria morbidezza mentre prendeva a coppa e solleticava le sue palle glabre.

Forse non sapeva che i piaceri proibiti erano sempre i migliori.

"Devi smetterla," disse, con un accenno di supplica che ora raggiunse la sua voce risonante, "Non devo ... ohhh ... non posso essere ... oh ... oh ..."

Nonostante le sue parole, le mise una grande mano dietro la testa, afferrandole delicatamente i capelli mentre lei si dondolava avanti e indietro.

I suoi fianchi iniziarono a muoversi in risposta ai suoi movimenti, spingendo il membro innaturalmente caldo dentro e fuori dalla sua bocca bagnata.

"Per favore ..." disse, e la parola la spinse solo in una maggiore emozione, "non farmi questo. Se io ..."

Sembrava allora come se un'improvvisa compressione lo avesse colpito, facendo fermare momentaneamente l'essere celeste per riprendere i sensi.

La lasciò andare, fece diversi passi indietro fuori portata e la fissò con orrore e incomprensione, le ali leggermente sollevate dietro la schiena.

"Brutta puttana! Come osi sottometterti a un atto così basso! Dovrei picchiarti e distruggerti per una tale insolenza che è al di là di ogni comprensione."

"Sono stata una cattiva ragazza?" Chiese Zora, imperturbata, e vedendo dallo stato della sua erezione che aveva ancora tutto il potere.

Si sporse in avanti, premendole i seni tra le sue braccia.

"Sono una ragazza davvero cattiva, molto cattiva?" Aggiunse, pizzicandole uno dei capezzoli e facendo scorrere l'altra mano verso il cordoncino dei suoi pantaloni.

"Ooh, sono così malvagia e malvagia", continuò, facendo scivolare i pantaloni sui fianchi e sulle cosce, "qualcuno buono e nobile dovrà punirmi. Punisci il male e il male che mi causano." Si tolse i pantaloni e presto le sue mutandine la seguirono. "Oh cosa mi farai? Ho bisogno di una punizione molto buona, dura e liberatoria, giusto?"

Ora nuda, allargò le gambe, strofinando la mano sul suo tumulo, mostrando le labbra umide e gonfie.

"Non tentarmi, mortale!"

"Ma sono stata così, così, cattiva ..." continuò, toccandosi mentre l'essere divino era lì, ancora a guardare.

Era così caldo in quel momento che stava prendendo tutta la sua concentrazione per non venire sul posto.

Aveva un disperato bisogno di lui tra le sue gambe, arrendendosi completamente ai suoi desideri, rompendo tutti i suoi voti, anche la giustificazione della sua esistenza.

A giudicare dalla sua espressione, non avrebbe dovuto aspettare a lungo.

Il celeste si avventò su di lei, facendola cadere sulla fronte, sollevandole le gambe mentre si inginocchiava a terra, tirandole il sedere sollevato fino ai fianchi.

"È questo che vuoi?" ringhiò e immerse il suo lungo cazzo duro nella sua fica in attesa.

Zora sussultò ad alta voce, un grido di deliziato piacere.

Il cazzo morbido e setoso del celeste si sentiva più grande che mai dentro di lei, il suo calore ardente era strano, ma profondamente gratificante.

Gemette di gioia senza parole mentre lui continuava a scoparla, pompando dentro e fuori con velocità e vigore disumani.

Voleva che la sua voce suonasse allettante, che la spingesse con gemiti eccitati, ma non doveva più fingere nulla.

La forza delle sue spinte non diminuì, la sua resistenza era chiaramente superiore a quella di qualsiasi essere umano che avesse mai incontrato.

Il lungo cazzo ardente si tuffò dentro di lei più e più volte, portandola in un'estasi che era superata solo dalla consapevolezza di come stava tradendo tutto ciò in cui aveva creduto.

Le sue palle morbide e glabre le colpirono la carne mentre le sue mani armeggiavano per stringerle e accarezzarle i seni.

"È questo quello che ti piace?" chiese, ancora martellando la sua fica desiderosa, "vuoi un grosso, duro cazzo celeste nella tua fica mortale?"

"Sì ... oh, dei, sì ..." riuscì a dire.

"Oh cazzo ..." gemette, una voce tonante piena di gioia e piacere, "fanculo sì!"

Incapace di controllarsi più, Zora arrivò con un lungo pianto singhiozzante, tutto il corpo tremante.

Pochi secondi dopo, il celeste lo seguì, un'eiaculazione di liquido caldo che zampillava dalla sua fica malconcia.

Mentre crollava, ansimando e cercando di riprendere fiato, sentì un urlo prolungato dall'essere dorato dietro di lei.

Era pieno di orrore e perdita, gemendo per l'enormità di ciò che aveva appena fatto.

L'urlo continuò, cambiando timbro, finché sembrò essere un urlo di puro dolore fisico, piuttosto che un tormento emotivo.

Con le mani che non la tenevano più, Zora si voltò per vedere cosa stava succedendo.

Il bagliore dorato stava svanendo dal suo corpo, sostituito da un grigio opaco mentre le piume del celeste cominciavano a cadere dalle sue ali.

Ancora più importante, un oggetto lungo e appuntito rivestito di metallo veniva proiettato dal centro del suo petto, rivoli di fuoco che gli correvano intorno invece di sangue.

Zora alzò lo sguardo per vedere Cassandra in piedi dietro l'essere non più divino, spingendo l'altra estremità dell'oggetto di metallo tra le sue scapole.

Le urla cessarono e Cassandra fece un balzo indietro mentre il celeste cadeva di lato.

"Fatti da parte!" gridò il semidemone, e Zora obbedì subito alla feroce nota di comando nella sua voce.

E a un certo punto non fu troppo tardi, poiché pochi secondi dopo il celeste esplose in fiamme, una grande palla di fuoco gialla che salì fino al soffitto della camera, poi scomparve, insieme a ogni traccia del corpo.

La stanza divenne nera, il fuoco magico che era stato nel luogo e che l'aveva acceso evidentemente si spense con la morte del suo creatore.

"Beh ..." disse la voce di Cassandra nel buio, "non sarebbe stato il modo in cui l'avrei distratto, ma certamente ha funzionato."

CAPITOLO XXXIV
ELOISE

Il luogo era evidentemente in qualche modo extradimensionale, uno spazio di realtà che non rientrava nelle dimensioni regolari del mondo fisico.

Conan aveva già sentito parlare di cose del genere, le aveva anche viste su scala più piccola, ma non ne aveva mai sperimentata una abbastanza grande da entrare.

A giudicare dalle porte che conducevano fuori dal corridoio di pietra, era persino più grande di quello che potevano vedere da lì, un'intera casa nascosta da quella che presumibilmente era una porta facilmente trasportabile.

Camminarono con cautela e in silenzio lungo il corridoio, non volendo allertare nessuno all'interno.

La fortuna, tuttavia, non era con loro.

Prima che si fossero mossi a metà strada, uno degli occupanti girò l'angolo in fondo e li vide, e lanciò un urlo improvviso.

Riconobbe la schiava dai capelli rossi che aveva incontrato al mercato, sembrò ricordare che il suo nome era Freya e lanciò immediatamente un incantesimo di sogno nella sua direzione.

La donna è crollata, le gambe si sono piegate sotto di lei e ha battuto forte il suolo.

Conan si lanciò in avanti, allontanandosi dagli altri per un momento mentre l'urlo della donna continuava a echeggiare nello spazio magico, evidentemente potenziato in qualche modo.

Non voleva farle del male, perché era una vittima innocente, come lo era Kaminari, così come l'intero harem, ma era imperativo che Amazarac ei suoi schiavi non avessero la possibilità di armarsi.

"Andiamo ..." disse Yasimina, ma in quel momento tutto si fece buio.

Conan si ritrovò a girare, come se fosse stato colpito da un uragano.

Non poteva vedere o sentire gli altri, ma sentiva che venivano trascinati altrove.

Non avrebbe dovuto allontanarsi da loro, non avrebbe dovuto permettere alle sue emozioni di prevalere sui suoi istinti.

Riuscì a malapena a evitare di inciampare, ma, pochi secondi dopo, il movimento si interruppe con un sussulto improvviso.

Gettò una mano verso il muro e trovò la pietra stranamente liscia sotto i suoi polpastrelli.

Probabilmente non era una vera pietra, rifletté, ma adesso non importava.

L'importante era che si trovasse in un corridoio buio pesto, apparentemente separato dai suoi compagni.

Si sforzò di ascoltare per vedere se poteva sentire qualcosa.

Il posto non poteva essere così grande, dopotutto.

Abbastanza sicuro, pensava di poter sentire la voce di Yasimina a una certa distanza, anche se non riusciva a distinguere le parole.

Stava per muoversi in quella direzione quando sentì un passo dietro di lui.

Era morbido, appena udibile, ma inconfondibile lo stesso.

Si voltò e si mise in guardia nel caso avesse dovuto usare la spada o uno dei suoi incantesimi, ma non riusciva a vedere nulla nell'oscurità.

Era lo stesso Amazarac, nel qual caso avrebbe potuto dirigere un grande incantesimo esplosivo lungo il corridoio che avrebbe dovuto colpirlo indipendentemente da dove si trovava?

O era una delle donne schiave, nel qual caso non voleva lanciare nulla di distruttivo?

Per un attimo fu paralizzato dall'indecisione: ancora una volta il suo morale lo travolse, perché non voleva fare del male a una vittima innocente.

Chiunque fosse gli corse incontro e iniziò a fare movimenti per lanciare un incantesimo difensivo.

Tuttavia, prima che potesse finire, erano sopra di lui, un corpo pesante che si schiantò contro di lui e lo scaraventò a terra.

Chiunque fosse apparentemente poteva vedere nell'oscurità.

Si dimenò, cercando di liberarsi, ma un forte braccio gli avvolse il collo, costringendolo a tornare indietro, e una gamba pesante avvolta attorno a una delle sue.

Non poteva lanciare un incantesimo in una tale posizione, né prendere la spada poiché chiunque la tenesse era chiaramente più forte di lui.

Doveva essere Amazarac o la donna guerriera che viaggiava con lui.

Si spera che sia l'ultimo, anche se uno dei membri più mansueti dell'harem sarebbe stato anche meglio.

Prese il suo pugnale, l'unica difesa ancora a portata di mano.

Una mano forte afferrò la sua, l'altro braccio del suo rapitore ancora intorno alla gola, e si ritrovò a combattere contro qualcuno di potente muscolatura.

Udì un leggero grugnito di sforzo dall'altra persona; femminile, pensò, il che almeno significava che non aveva a che fare con il demone in persona.

Ma se era uno degli harem, era incredibilmente forte per una donna e sbatteva la mano contro la pietra.

All'inizio riuscì a mantenere la presa sul pugnale, ma non riuscì ad avvicinarlo alla sua pelle, mentre continuava a sbatterlo contro il muro, e al terzo colpo, l'arma le scivolò dalle dita ammaccate.

Mise la mano dietro la schiena, avvolgendosi una cinghia intorno al polso.

Cercò di calciare mentre lei si muoveva, ma inutilmente, e l'altro suo braccio fu presto preso dalla sua presa di ferro, e fu costretto a incontrare il suo gemello, poi li legò strettamente con la corda.

"Sei il mio prigioniero! Se cerchi di scappare, ti spezzerò il collo."

La voce era, infatti, femminile, con un accento gutturale che non riusciva a individuare.

Aveva visto solo tre membri dell'harem; Kaminari, Freya e una donna bionda e robusta, ma i suoi compagni avventurieri ne avevano identificati altri due, uno dei quali diceva che era senza dubbio una guerriera.

Chiaramente lei era quella che aveva avuto la sfortuna di incontrare, ma essere suo prigioniero almeno gli suonava meglio che essere morto.

Da qualche parte Yasimina e gli altri erano ancora attivi e, a parte lo stesso Amazarac, dubitava che ci fosse qualcun altro lì che potesse rappresentare una grande minaccia per loro.

Si spera quindi che abbia solo dovuto aspettare per essere salvato.

Il che era imbarazzante, ma quasi senza altro motivo di speranza.

Per ora, tutto ciò che poteva fare era cooperare e giocare per tempo, se poteva, tenendo questo guerriero lontano dagli altri.

Una volta affrontato Amazarac, non sarebbe più stato un problema.

"Alzarsi!" sibilò, trascinandolo rudemente.

Mettendolo in piedi di fronte a lei, lo spinse in avanti, aggiungendo: "Adesso cammina."

Percorsero un po 'il corridoio senza luce, ed era evidente ancora una volta che conosceva molto bene la sua strada o aveva una sorta di assistenza magica che le permetteva di vedere nell'oscurità.

Alla fine, aprì una porta, rivelando una stanza illuminata al di là.

Si rese conto che la luce non si riversava nel corridoio, suggerendo che l'oscurità fosse di per sé magica; anche se avesse avuto la possibilità di lanciare un incantesimo leggero, probabilmente non avrebbe funzionato.

Il suo rapitore lo spinse dentro e si trovò in quella che sembrava essere una cucina, piena di pentole e pacchi di cibo, con una stufa di metallo in un angolo e un grande tavolo ricoperto di stoffa di fronte.

"Sedere!" disse, costringendolo a sedersi su una sedia e, quando si allontanò per guardarlo, ebbe la sua prima vera possibilità di vederla.

Il suo primo pensiero fu che fosse alta; incredibilmente alto per una donna.

Calcolò che poteva essere alta sei piedi e sei pollici, il che l'avrebbe resa molto più alta di lui, e difficilmente poteva essere descritta come indifesa.

Si diceva che, da qualche parte nelle Terre Selvagge, ci fosse una tribù di mezzogre, molto più forte di qualsiasi essere umano.

Poteva pensare che appartenesse a quella tribù, a causa della sua altezza e corporatura, ma non per il suo aspetto, dal momento che, a parte la sua taglia, sembrava perfettamente umana.

In effetti, come l'intero harem Amazarac, era una donna attraente, anche se il cipiglio sul suo viso faceva poco per enfatizzarlo.

I suoi vestiti, tuttavia, suggerivano che provenisse dalle Terre Selvagge, indipendentemente dal fatto che avesse o meno sangue di orco nelle vene.

Indossava una camicetta di pelle senza maniche, legata sulle spalle nude e con un'ampia cintura decorata con distintivi di metallo in disegni barbari.

Sotto la cintura, indossava pantaloncini di pelle così corti che erano poco più che mutandine, e un paio di stivali alti fino al ginocchio con i capelli di una bestia irsuta.

Oltre a questo, e ai braccialetti di cuoio attorno a ciascun polso, le braccia e le gambe erano nude.

Nudo e molto muscoloso, segni che non sarebbero sembrati fuori luogo in un nano, ma che sembravano strani in una femmina umana, specialmente una così alta.

Tuttavia, era sicuramente umana, a giudicare dal suo viso, che certamente mancava di tracce di un orco o di un orco nel suo aspetto.

Aveva lunghi capelli castani, che le scendevano a cascata lungo la schiena e tenuti fermi da un cerchio d'oro con una gemma blu scintillante; si chiese se quello fosse il dispositivo magico per il quale lei aveva visto al buio.

Anche i suoi occhi erano blu, un blu profondo e abbagliante che compensava il colore più scuro dei suoi capelli, e le sue labbra erano piene, attualmente in un ghigno.

Anche nella sua situazione attuale, non poteva fare a meno di notare che, sopra il corpetto di pelle, aveva una magnifica scollatura.

Amazarac chiaramente non voleva solo un guerriero.

Gli puntò contro un pugnale.

Non era sua, che era caduta nell'ingresso, ma una lama d'acciaio affilata con un manico d'avorio che senza dubbio lei sapeva come usare.

Conan decise che, per il momento, probabilmente non sarebbe stato saggio turbarla.

"Tu chi sei?" gridò, "e come sei entrato?"

"Sono un guerriero e un mago, sono riuscito ad aprire la serratura."

Lei ringhiò, i suoi occhi lo guardarono con diffidenza.

"Quanti altri ci sono con te?"

"Sono solo".

"Bugiardo!" gridò, puntando il coltello in avanti finché non fu a meno di un centimetro dal suo viso, "Ho sentito la donna parlare, quindi so che ce ne sono altre. Due? Tre? Non mentirmi".

Non disse nulla e lei aggrottò la fronte con rabbia, prima di ritirare il coltello.

"Non importa," disse, alla fine, "il mio padrone li troverà e li distruggerà. E io ti ho come prigioniero. Se non mi dici quello che voglio, il mio padrone ti interrogherà e lo prenderà tutto comunque. "

"Il tuo insegnante è un demone. Lo so molto bene."

"Forse," disse, "ma un demone grande e potente, più magnifico di quanto tu possa immaginare."

"Non pensavo che alla gente delle Terre Selvagge piacessero i demoni."

Si accigliò, come se qualcosa fosse perplessa, poi scosse la testa.

"Lui è diverso. La sua gloria è insuperabile, come saprai quando ti schiaccerò nell'oblio. E adesso che mi dici di Kaminari?"

"Non so chi intendi."

"Ah, ma questo lo sai," disse, facendo un passo avanti, ancora agitando la pistola nella sua direzione. "Freya ti ha visto uscire con lei. Ti ha descritto, quindi so che sei lo stesso uomo. Anche se non penso che tu sia bello come ha detto, perché sei insignificante, come tutte le persone in città."

Non poteva dirle dove fosse Kaminari, poiché nel caso in cui non fosse stato salvato, doveva almeno assicurarsi che la donna orientale avesse le migliori possibilità possibili di evitare la riconquista e la schiavitù.

Ma si chiedeva quanto avrebbe potuto dire a questa donna, perché forse aveva un'altra possibilità qui.

Non aveva detto agli altri esattamente come era riuscita a portare Kaminari in un posto dove avrebbe potuto lanciare l'incantesimo che l'aveva liberata, anche se Valeria, almeno, lo sospettava sicuramente.

Ma gli aveva insegnato qualcosa di prezioso sul suo nemico demoniaco.

I membri dell'harem erano ossessionati da Amazarac, vittime di un potente incantesimo in corso.

Farebbero qualsiasi cosa per lui, anche servire come giocattoli sessuali.

Ma era chiaro che il demone non era molto attaccato a loro.

Probabilmente non poteva colpirli direttamente, poiché cose del genere normalmente rompono quel tipo di fascino, ma questo non significa che doveva davvero prendersene cura.

In particolare, gli sforzi sessuali del demone non avevano nulla dell'amore di Muriela in loro.

Ha scopato le donne ogni volta che ne aveva voglia, ma non era interessato a come reagivano, solo a ottenere il suo piacere.

L'incantesimo lo contrastava, in parte, ma era ovvio che Kaminari non fosse venuto sessualmente, e questo era ciò che gli diede l'opportunità di sedurla.

In breve, Amazarac non poteva darle il tipo di piacere sessuale che desiderava davvero.

Questa donna potrebbe benissimo trovarsi nella stessa situazione.

In effetti, sembrava il tipo che vorrebbe dominare sessualmente, ed era improbabile che il demone gli avrebbe dato la possibilità di sperimentarlo.

"Parla!" disse la barbara agitando di nuovo il pugnale e si rese conto di essere rimasta in silenzio troppo a lungo, riflettendo sulle possibilità.

"L'ho distratta," disse, "è così che ho scoperto questo posto, dov'era."

La donna sbuffò in modo derisorio.

"Non ti direbbe una cosa del genere. È ridicolo! Stai mentendo. Cos'è successo veramente?"

"Abbiamo fatto sesso. Le è piaciuto ... molto."

"Ora so che stai mentendo!"

"È la verità. Perché dovrei inventarmela? Immagino che avesse bisogno di più di quanto Amazarac potesse fornire."

La donna rise, ma c'era qualcosa di leggermente falso in lei, e subito dopo si voltò, fissando il muro in fondo, senza incontrare il suo sguardo.

Se le loro mani non fossero state legate, sarebbe stata una grande opportunità per attaccarla, ma sapeva come sarebbe andata a finire se ci avesse provato adesso.

"Impossibile", disse, continuando a non guardarlo, "Amazarac ci fornisce tutto; la nostra casa, la nostra vita, il nostro scopo di essere. Le nostre vite erano vuote prima che lo incontrassimo e lui ci ha mostrato la via."

"Kaminari non sembrava pensarlo. In quale altro modo sarei qui? Sei sicuro che non ti manchi nulla? Un uomo non può fornire tutto, anche se quell'uomo è davvero un demone."

"Può," disse, voltandosi a guardarlo, ma sembrava che stesse cercando di convincersi quanto lui.

"Quanto ne sei sicuro? Inoltre, cosa hai da perdere? L'hai detto tu stesso; i miei amici e io non lo batteremo comunque, quindi perché non cogliere questa opportunità finché puoi?"

Rimase in silenzio per un momento, guardandolo, uno sguardo di apprezzamento sul viso, come se stesse soppesando la qualità di un pezzo di carne.

Alla fine, piegò le labbra in un mezzo sorriso e annuì leggermente.

"Vedremo," disse semplicemente, e tornò alla porta della cucina, bloccandola saldamente, prima di camminare per mettersi di fronte a lui.

"Il mio nome è Eloise," la informò, "e tu lo sei?"

"Conan," disse.

Non vedeva alcun motivo per inventare qualcosa in quel momento.

"Metterai alla prova le tue parole, Conan. Mi farai piacere, e quando avrai finito, se non sei stato in grado di costringermi a venire, ti ucciderò." Detto questo, iniziò a togliersi gli stivali e li gettò da parte.

"Sembra ... un buon incentivo ..." disse a disagio mentre lei si slacciava la cintura, "vuoi almeno sciogliermi le mani?"

Lei scosse la testa.

"Sei mio prigioniero. Non hai bisogno di mani."

Tirò la cintura e poi fece un passo avanti, afferrando Conan per le spalle e tirandolo fuori dalla sedia.

Con una spinta, lo costrinse a inginocchiarsi, tenendolo lì con una mano potente, le gambe muscolose leggermente divaricate, lasciandolo a chiedersi cosa avrebbe fatto dopo.

Con la mano libera, la donna barbara tirò i suoi pantaloncini di pelle, facendoli scivolare sulle sue potenti cosce per sdraiarsi ai suoi piedi.

Non indossava niente sotto, e Conan si trovò di fronte a capelli notevolmente arruffati.

Si aspettava che si spogliasse ulteriormente, ma invece gli lasciò la spalla, gli afferrò la nuca e lo tirò verso il suo inguine.

Il suo naso era premuto goffamente nei suoi capelli, un odore di cuoio e sudore gli riempiva le narici.

Tentativo, la baciò tra le gambe e la trovò ancora asciutta laggiù.

Eloise cambiò leggermente posizione e lo tirò giù, costringendole il collo in una posizione scomoda, ma premendo le sue labbra contro la sua figa.

"Leccami," ordinò, "assaggia la mia figa e mostrami questa tua abilità di cui parli."

Non era la posizione più romantica in cui fosse mai stato, ma doveva cercare di portare a termine il suo piano.

Le sue mani erano ancora legate dietro la schiena, lasciandolo quasi indifeso mentre la donna barbara gli spingeva il viso contro l'inguine peloso.

Se avesse potuto accontentarla, forse c'era la possibilità che lei gli avrebbe dato più opportunità di fare qualcosa.

È stata una fortuna che avesse molta esperienza, anche se questa non era la migliore delle circostanze.

Ha fatto scorrere la lingua lungo la sua figa, sentendo i capelli ricci sfregarsi contro di lui.

Poi la fece passare tra le sue pieghe, leccandola lentamente, assaporando la sua carne.

Le succhiò le labbra, tirandole leggermente, poi rilasciandole, infilando la lingua dentro e fuori.

Mentre lo faceva, lui sondò e giocò con le sue pieghe, leccando e succhiando mentre lei si muoveva al centro del suo piacere.

Il barbaro ringhiò rumorosamente quando raggiunse il suo clitoride.

Era insolitamente grande, e lui la tirò e la succhiò con le labbra, facendola sussultare di piacere.

Le sue labbra della fica stavano cominciando a inghiottirlo ora, e lui sentì il sapore familiare dei succhi di una donna che gli scorrevano lungo la lingua.

Mentre continuava a giocare con il suo clitoride, sentì i suoi fianchi iniziare a premere contro il suo viso, i suoi movimenti erano già un po 'incontrollabili.

"Sì, sei bravo," disse riluttante, e inaspettatamente gettò la testa indietro e via, tirandosi i capelli. "Sul tavolo".

Barcollò in piedi, ancora completamente vestito, e fece un passo verso il tavolo ricoperto di stoffa, gesticolando con le mani legate e aspettando che lei ricevesse il messaggio.

Non lo fece, e semplicemente lo sollevò con entrambe le mani, spingendolo in cima, poi si arrampicò dietro di lui e lo costrinse a cadere sulla schiena con entrambe le braccia muscolose.

"Abbiamo una posizione migliore qui, giusto?" disse, guardandolo con un'espressione che lo sfidò davvero a non essere d'accordo.

Lui annuì docilmente, decidendo che era meglio così, e lei sorrise, sostenendolo con una mano mentre si toglieva il corpetto.

I suoi seni pesanti si staccarono, grandi capezzoli rosa già eretti, ma chiaramente fuori portata.

Mosse il suo corpo, potenti cosce su entrambi i lati della testa.

Ora che lo aveva intrappolato con il suo corpo, Eloise aveva entrambe le mani libere.

Ne usò uno per separare le labbra dalla sua figa, facendogli vedere l'umidità rosa che aveva assaggiato così di recente e annusare l'umidità della sua eccitazione.

"Fottimi con la tua lingua!" ordinò, sollevando i fianchi sul suo viso. "Leccami lì e dammelo!"

Lui obbedì, spingendolo più lontano che poteva, scivolando nella sua scivolosa umidità.

Le accarezzò l'enorme clitoride, muovendolo con la punta della lingua, finché lei non iniziò ad ansimare pesantemente, i fianchi che tornavano al loro movimento lento.

Dalla sua posizione scomoda, poteva vederla accarezzare un seno con la mano libera, pizzicando e strofinando il suo grande capezzolo mentre continuava a muoversi su e giù per il viso.

Conan ha succhiato il clitoride del barbaro con tutta la dedizione che poteva, baciandolo e succhiandolo tra le incursioni più profonde nella sua figa.

Eloise emise un gemito di soddisfazione, ora aggrappata al lato del tavolo invece che a lui, gettando indietro la testa mentre cavalcava la lingua.

"Utfgrt'na ohhh ..." mormorò, o qualcosa del genere, ricorrendo evidentemente alla sua lingua.

Hanno continuato in quella posizione per un po '.

Stava dondolando ferocemente contro di lui, i suoi seni pesanti ondeggiavano per il movimento.

Ha esplorato ogni parte della sua figa, muovendo la lingua da un lato all'altro e accarezzandola su e giù, notando cosa le piaceva.

Ha continuato a compiacerla ancora e ancora.

Alla fine sembrava che ne avesse avuto abbastanza, almeno per il momento, e si staccò dal suo corpo disteso, inginocchiandosi su di lui, a gambe larghe, fissandolo tra le frange dei suoi lunghi capelli castani.

Il suo corpo era coperto da uno strato di sudore, il suo petto si alzava e si abbassava profondamente.

"Cosa ne pensi di questi?" disse, sollevando i seni: "Ora succhiali".

Scendendo per sdraiarsi sopra di lui, gli premette un magnifico seno nella bocca, e lui rispose con entusiasmo, tirando un grosso capezzolo rosa nella sua bocca con le labbra.

Lo succhiò e lo tirò, passandogli la lingua intorno come aveva già fatto nella sua figa, e la donna barbara rispose strofinando il suo corpo contro il suo.

Il suo ventre nudo poteva sicuramente sentire il rigonfiamento della sua erezione crescente premuta contro di lei, ma non mostrava alcun interesse.

Invece, ha semplicemente cambiato lato in modo che lui potesse assaggiare il suo altro seno.

"Bene," disse, e si allontanò, guardandolo con quegli occhi blu profondi. "E adesso cosa facciamo, eh?"

"Qualunque cosa tu voglia ..." ansimò, sentendo che era la risposta corretta.

Sorrise, il primo sguardo di vera felicità che lui avesse mai visto sul suo viso, anche se per essere onesti, non l'aveva guardata bene quando l'aveva succhiata.

"Oh cazzo," disse, ancora mezzo sorridente, "perché no? Ma se provi qualcosa, ti spezzo le dita."

Il luccichio nei suoi occhi mentre parlava lo convinse che la seconda parte poteva essere vera, quindi non si mosse quando lei si allungò dietro la schiena e separò le cinghie che gli legavano le mani.

Alla fine liberato, si strofinò i polsi per ripristinare la circolazione e cercò di ignorare il dolore della mano che aveva ripetutamente sbattuto contro il muro di pietra.

Le strinse i fianchi sudati, sentendo un muscolo duro sotto di loro, ma lei lo spinse via, appoggiandosi all'indietro sulle cosce.

"Di sotto", ha detto, "è per questo che non voglio le tue dita".

Afferrò una coscia potente e fece scivolare la sua mano buona lungo la sua figa.

Era la sua sinistra, ovviamente, che era un po 'scomoda, ma, con la sua destra ferita, avrebbe dovuto farcela.

Si chinò per baciarle il petto appena sotto il seno mentre faceva scivolare un dito all'interno.

I suoi baci vagarono sul suo ventre teso e muscoloso, fermandosi a leccare un ombelico notando, per la prima volta, che c'era un anello d'oro lì.

Un secondo dito si unì al primo e iniziò a muovere la mano dentro e fuori.

"Più forte e più veloce, Conan," avvertì, "se vuoi farmi venire, dovrai fare di più."

Mentre i suoi baci si muovevano lungo il suo inguine, iniziò a muovere le sue dita con più forza, spingendole tra le sue pieghe con crescente energia.

Eloise ora ansimava pesantemente, il viso arrossato, gli occhi azzurri spalancati, le tracce della sua saliva sui seni luminosi che brillavano alla luce della lampada.

La sua bocca raggiunse la sua figa, anche se le sue dita continuavano a muoversi dentro e fuori.

Ha succhiato il suo grande clitoride e lei ha buttato indietro la testa, emettendo un forte gemito di piacere felice.

"Sì, dammelo così! Succhiami bene. Utfgrt'na ohhh!"

Emise ripetuti sussulti mentre lui continuava le sue attenzioni.

Le sue mani strinsero la tovaglia mentre il suo corpo iniziava a torcersi attorno alle sue dita esperte.

Adesso i fianchi tremavano vigorosamente, le gambe si muovevano contro il tavolo.

"Ksetch!" Urlò, con un pizzico di disperazione, afferrandolo di nuovo per le spalle e tirandolo via da lei.

All'inizio pensava di aver fatto qualcosa per farla arrabbiare, ma l'espressione di pura lussuria nei suoi occhi calmò presto quella paura.

Alzando di nuovo le ginocchia, spinse il guerriero verso il basso e gli afferrò i pantaloni, tirandoli verso il basso mentre rilasciava il suo cazzo eretto.

Eloise scoprì i denti con un sorriso selvaggio, gli occhi ardenti di passione.

"Grande per un ragazzo di città," disse, "potresti quasi essere uno della tribù. Vuoi spingerlo dove un cazzone nato in città non è mai stato prima?"

Non ha aspettato nessuna risposta, l'ha semplicemente afferrata e l'ha messa dove poteva gettarsi contro di lui.

Premette la parte inferiore del corpo contro di lui, quasi premendo le palle contro il tavolo mentre cercava di spingerlo più lontano che poteva.

"Utfgrt'na!" disse di nuovo, con uno sguardo selvaggio, e iniziò a montarlo. "Fottimi, ragazzo di città, va bene?" disse, quasi ringhiando, "ti piace? Dimmi che ti piace?"

Lo stava picchiando vigorosamente, i suoi seni si sollevavano, le sue palle che sbattevano più e più volte contro il suo culo.

Non era praticamente in grado di fare nulla in risposta se non arrendersi alle sensazioni che scorrevano attraverso il suo corpo mentre lei continuava la sua corsa sfrenata.

I suoi capelli erano disordinati, lunghe ciocche castane che le scendevano lungo il viso, le spalle e la parte superiore del torace, i grandi capezzoli rosa fortemente gonfiati sul petto che rimbalzavano.

Le afferrò i seni, le accarezzò i capezzoli e le strinse i grandi tumuli sotto le mani.

"Sì, mi piace ..." riuscì a dire, tra i sussulti.

Il barbaro chiuse gli occhi, gettò indietro la testa e borbottò qualcosa più e più volte nella sua strana lingua.

La sua voce aveva un accenno di disperazione e un accenno di quasi l'orgasmo mentre le sue spinte crescevano sempre più veloci.

All'improvviso, i suoi occhi azzurri si aprirono di scatto e lo fissò in faccia mentre emetteva un grido senza parole, e il suo corpo si contrasse contro il suo mentre il suo seme le inondava la figa.

Continuò a muoversi contro di lui anche quando lui iniziò ad ammorbidirsi, sebbene adesso fosse più lenta e più tranquilla.

Alla fine, si scostò alcune ciocche dal viso e si rotolò su di lui, sdraiata sulla schiena accanto a lui, le gambe penzoloni dal tavolo mentre riprendeva fiato.

Durante la cavalcata le aveva tolto i due anelli dal corpo, la gemma azzurra che teneva la treccia dei suoi capelli e l'anello dorato dell'ombelico, per non sapere quale dei due fosse quello magico, anche se forse erano entrambi.

Anche se ora era quasi troppo esausto per lanciare l'incantesimo che l'avrebbe liberata dall'incantesimo di Amazarac.

Ma solo "quasi".

CAPITOLO XXXV
IRIS

L'ascia di Snagg era già nella sua mano e fece un passo avanti, assumendo una posizione di battaglia quando la donna dai capelli rossi gridò allarmata ...

Poi, un attimo dopo, cadde a terra quando l'incantesimo di Conan la colpì.

Qualcun altro potrebbe essere dietro l'angolo, forse il demone in persona, o almeno uno dei più competenti dei suoi schiavi rimasti.

"Andiamo ..." iniziò Yasimina, e poi la sua voce si spense mentre tutto diventava nero e il mondo sembrava girare intorno a lei.

"Qualcuno di voi ha lanciato un incantesimo di disorientamento?" ringhiò il nano mentre iniziava a girare, anche se dopo pochi secondi si rese conto che nessuno dei maghi l'aveva fatto.

Nessuna risposta.

La rotazione non lo aveva disorientato, e all'inizio pensò che gli umani fisicamente più deboli fossero stati colpiti in modo diverso.

Ma no, non c'erano e Snagg era solo.

Non era nemmeno sicuro di trovarsi nella stessa parte del posto.

Sebbene i suoi occhi potessero adattarsi facilmente alla luce fioca di un sistema di caverne nane, nessuno poteva vedere in totale assenza di luce.

A meno che, forse, gli occhi non fossero quelli di un demone.

Si bloccò, tendendo le orecchie per cogliere ogni accenno di ciò che lo circondava.

Sebbene fosse cieco, Amazarac potrebbe non esserlo.

Poteva sentire, da qualche parte in lontananza, la voce di Yasimina, attutita dalle pareti della falsa pietra.

La sua consistenza era troppo regolare per essere una sostanza reale, ma per il resto aveva proprietà simili.

Fece un passo in direzione della voce del paladino, ma poi si fermò di nuovo quando udì un passo silenzioso.

C'era qualcun altro qui.

Qualcuno dietro di lui.

Snagg si gira, facendo oscillare la sua ascia in aria verso quello che dovrebbe essere il livello della vita di un umano, non trovando nient'altro che aria vuota.

"Ti degni di attaccarmi fisicamente? Quanto sei rude!"

La voce era profonda, mascolina e piena di disprezzo.

Questo era chiaramente il demone in persona, e Snagg era solo e nell'oscurità, incapace di vedere nulla.

Tuttavia, incapace di distinguere qualsiasi percorso attraverso il quale poteva scappare, la sua unica opzione era combattere.

Fortunatamente, la voce di Amazarac aveva chiaramente rivelato la sua posizione e il nano si fece avanti, facendo oscillare la sua ascia.

L'arma colpì qualcosa, provocando solo un grugnito sorpreso dal suo avversario.

Poteva sentire come si era morso nella carne, ma qualcosa non andava bene, pensò mentre lo strappava per un secondo colpo.

C'era qualcosa che non andava, ma non ebbe il tempo di riflettere su cosa, e nemmeno di sferrare quel secondo colpo, prima che qualcosa gli andasse a sbattere contro il petto, spingendolo indietro di qualche passo per colpire il muro, con l'armatura che sbatteva contro sostanza.

"Non posso essere ferito da semplici armi mortali, sciocco!" il demone sputò mentre Snagg si lanciava di nuovo nella sua direzione.

Qualcos'altro lo colpì prima che potesse raggiungere il suo bersaglio, qualcosa che lo inghiottì, intrappolando il suo braccio e torcendo una gamba sotto di lui in modo che cadesse a terra impotente.

Con sorpresa, si rese conto che era una rete e lottò affinché l'ascia rompesse i suoi fili.

Tuttavia, ogni volta che si muoveva, i fili della ragnatela si stringevano di più ... dovevano essere magici, un tipo di potere con cui non aveva familiarità.

Il suo braccio sinistro era attaccato al suo fianco ora e il suo destro poteva a malapena muoversi.

Quando provò a far oscillare l'ascia, sperando di tagliare alcuni dei fili che la stavano contraendo, lei gli sbatté contro, spingendogli il gomito contro il suo corpo, riducendo ulteriormente la sua portata.

Quando calciava con le gambe, la rete si tirava anche su di loro; più esercitava la sua forza, più si aggrappava a lui, lottando con il potere magico della rete.

Era intrappolato, impotente.

"È ora di porre fine alla tua vita, verme impertinente", sbottò Amazarac.

Un bagliore verdastro molto spiacevole apparve nell'aria sopra il nano catturato, una luce magica che circondava una mano dall'aspetto umano, ma non illuminava nulla intorno ad essa.

Era un incantesimo, e sicuramente mortale.

Se nessuno dei suoi compagni è arrivato in tempo, Snagg si è reso conto che stava fissando la morte in faccia.

"Ce ne sono altri?" La sua voce sibilò, suonando sorpresa, anche se non così scioccata come il guerriero quando scoprì che il demone poteva apparentemente leggere i suoi pensieri.

Il bagliore scomparve, riportando tutto nell'oscurità.

"Parlami di loro!"

Snagg non disse nulla, costringendo la sua mente a pensare a pietre e passaggi sotterranei.

Il demone sbuffò.

"Posso aggirare quei meschini tentativi di nascondere la tua conoscenza. Ma non ora. Tornerò per te, piccolo nano, ma penso che ce ne siano altri con cui devo occuparmi prima."

Snagg sentì la rete tremare intorno a lui, sebbene la sua armatura lo proteggesse da quella che sospettava sarebbe stata una costrizione molto dolorosa.

Un attimo dopo sentì, invece di vedere, un lampo di energia rossa avvolgerlo.

Il suo corpo sussultò in risposta ... appena prima di scivolare nell'incoscienza.

* * *

La prima cosa che si rese conto quando iniziò a tornare dall'incoscienza fu che era seduto su una superficie dura, sostenuto da qualcosa premuto contro la sua schiena.

Ha cercato di muovere le mani e ha scoperto che erano strettamente legate dietro di lui.

Non solo era disarmato, come si aspettava, ma anche la sua armatura era stata spogliata, rendendolo doppiamente indifeso.

Aprì gli occhi e scosse la testa per schiarire la vista.

Era in una stanza, luminosa, a differenza del corridoio, legato saldamente a quella che sembrava una gamba di un tavolo, con le caviglie attaccate anch'esse.

Indossava solo la maglietta e i pantaloni al ginocchio; i loro stivali erano stati persino rimossi.

Lanciò un'occhiataccia alla persona seduta di fronte a lui.

Almeno non era Amazarac, ma tutti i suoi schiavi erano così completamente sotto il suo potere che dubitava di avere qualche possibilità di convincerla a liberarlo.

Avrebbe dovuto liberarsi o sperare che gli altri avventurieri fossero più fortunati di lui.

"Vedo che sei di nuovo con noi," disse la donna, con un tono gelido nella voce.

Era seduta su un lettino, niente che potesse essere definito lussuoso, e da quello che poteva vedere intorno a lei, lui era in un laboratorio, con attrezzi da falegnameria appesi al muro.

La pietra sul pavimento, quello che poteva sentire sotto le sue dita, era falso, il che significava che era ancora all'interno del labirinto magico.

Non che mi sarei aspettato diversamente.

"Tu chi sei?"

"Mi chiamo Iris", disse, "e sono un'artigiana al servizio del grande Lord Amazarac. Ma, cosa più importante, chi sei, Dwarf Master?"

Non ha detto niente, non volendo dare via così tanto.

Lei sbuffò.

"Come tutti i nani, mantieni sempre i segreti, anche quando non ha più importanza."

"Cosa dovrebbe significare?"

"So tutto della tua razza, maestro nano," disse, alzandosi dal letto e iniziando a camminare. "Vengo dalle terre del sud, non lontano da una delle case di montagna della tua gente. Sono un'artigiana e avrei potuto imparare molto dai nani. Avrebbero potuto insegnare molto alla mia famiglia, se lo avessero voluto. Ma no, dovevano tutti mantenere i loro segreti, i preziosi segreti della fucina nanica. "

La sua ascendenza meridionale era evidente quando la guardavo.

Gli esseri umani possono essere alti e morbidi, ma era abbastanza facile capire la loro origine.

Gli occhi azzurri e la pelle pallida di Iris hanno segnato la sua patria, perché cose del genere si vedevano raramente qui su Tarantia.

Indossava un abito lungo che le arrivava quasi alle caviglie, fatto di un tessuto grigio chiaro.

Approvò il taglio, con il collo alto e le maniche lunghe, un disegno che faceva del suo meglio per nascondere il suo ampio seno, con una scollatura più discreta e rispettabile di quanto sembrava essere la norma tra gli umani.

Un clima nativo freddo probabilmente incoraggerebbe questo tipo di pensiero ragionevole.

Per gli standard umani, che certamente non significava molto per lui, era ragionevolmente attraente.

Il suo viso era ampio, il suo corpo non era troppo asciutto, e il blu puro dei suoi occhi sarebbe stato quasi allettante, se non lo avesse guardato con tanta ostilità travestita.

"Non sono un fabbro," disse sulla difensiva, "non sono stato io a tenerti nascosto quei segreti."

Anche se, da quello che aveva detto, la sua casa originale non poteva essere lontana dal suo luogo di nascita, e poteva anche parlare dei membri del suo clan.

I nani erano meno numerosi degli umani; dovevano mantenere i loro segreti per ragioni pratiche, anche se non era anche una questione di orgoglio, una parte della loro identità razziale.

"Eppure eccoti qui, a mantenere segreti. Il mio maestro leggerà nella tua mente, una volta che avrà avuto a che fare con i tuoi amici. Quindi potresti anche dirmi qualcosa adesso, per salvarti dal tormento. Come sei arrivato qui? Dov'è Kami? Come molti di voi ci sono? "

Quindi Amazarac non lo aveva letto abbastanza per sapere quanti avventurieri c'erano.

Dato che Iris era qui, ciò ha lasciato altre tre donne nel complesso, oltre allo stesso Amazarac, e una delle donne era priva di sensi.

I numeri erano pari e, a parte il barbaro, dubitava che molti degli schiavi fossero davvero formidabili.

Questo ha dato loro il sopravvento e forse ha dato ad alcuni avventurieri la possibilità di sfuggire alla scoperta per un po 'e attaccare il demone.

Certo, sarebbe molto utile se potessi mantenere Iris distratta parlando qui.

"Perché dovrei dirtelo? Non vedo alcun vantaggio per me."

Quindi, era meglio del rifiuto totale.

"Mi stai dicendo che potresti essere corrotto? Ne dubito, da quello che so della tua gente. Non pensare che non abbiamo provato, la gente del nostro villaggio. La ricchezza non li ha convinti a condividere i loro segreti di costruzione. Lo so.. Probabilmente avevano troppo, con le loro miniere e gli affari usurai. Con cos'altro potrei corromperti? Riesco a malapena a offrirti il potere, e le cose umane hanno poco valore per i nani esperti. Non sono interessati a magia, non vuoi scambiare conoscenze, e quando alcune donne del mio villaggio erano così disperate da cercare di offrire i loro corpi, hanno reso perfettamente chiaro che i nani non parlano nemmeno di queste cose ".

Fece una smorfia per la crudezza dell'ultima cosa che aveva menzionato.

I nani di certo non parlavano di queste cose e, nel caso di Snagg, aveva una vergogna segreta a cui non voleva davvero pensare.

"Vedo che non vuoi nemmeno che ne parli", disse in tono scherzoso, "beh dimmi, a cosa dici di essere interessato? Vuoi solo vivere? Hai paura?"

Non disse nulla, incapace di pensare a una risposta.

"No, non lo ammetteresti mai. Sei un guerriero nano. Non hai paura di niente. Beh, a parte ..."

All'improvviso si staccò da lui, un leggero sorriso di comprensione sul viso, e si lasciò sfuggire una risata.

"A parte l'unica cosa che ho detto che ha avuto qualche reazione da parte tua," disse, in parte a se stessa, senza nemmeno guardarlo.

Si voltò a guardarlo, un'espressione calcolatrice sul viso che Snagg stava cominciando a trovare preoccupante.

"Potrei non essere in grado di offrirti molto, ma forse posso minacciarti. Di cosa sei preoccupato, Dwarf Master?"

Si inginocchiò a terra, fuori dalla portata delle sue gambe, nel caso avesse deciso di prenderla a calci, anche se legato com'era, anche quello sarebbe stato difficile.

"Nessuna risposta? Beh, lascia che ti dica cos'è: intimità. I nani si vestono sempre molto stretti e duri, e di solito sei nascosto nella tua armatura. Probabilmente ti vergogni di essere visto mezzo vestito come sei adesso."

"Che cosa hai intenzione di fare?" chiese, una nota di vera preoccupazione che cominciava a insinuarsi nella sua voce.

Poteva affrontare le solite minacce, ma questo era qualcos'altro, qualcosa che gli ricordava Adriana, una donna che non voleva proprio ricordare.

Almeno questa volta non c'era afrodisiaco.

"Lo farò," disse, allungando una mano e facendolo scivolare sotto l'orlo del giubbotto.

Le dita di Iris si sfregarono sui muscoli tesi del suo ventre, accarezzandolo.

"Non toccarmi!" l'urlo.

"Oh, quanto male parlato," rispose la donna umana, "Penso di aver trovato la tua debolezza."

La sua mano scivolò più in alto, sfiorando i folti peli sul suo petto, la punta di un dito su un capezzolo.

"Per quello, o non ti dirò niente."

Adesso era impossibile evitare di pensare ad Adriana ea quello che avevano condiviso.

Non era un fatto che aveva avuto il coraggio di ricordare fino a quel momento, eppure si odiava ancora per questo.

Odiava ciò che l'afrodisiaco lo aveva costretto a fare.

Tuttavia, ora, quando riaffiorarono i ricordi del corpo nudo del mercante alto, si sentì eccitato e dovette cambiare posizione, sollevando le ginocchia in modo che Iris non potesse vedere l'effetto che i ricordi stavano avendo su di lui.

Ha dovuto resistere.

"Se non mi dici niente, allora non mi fermerò," la informò, sollevando il panciotto con entrambe le mani, infilandolo sotto le ascelle per esporre il petto e l'addome nudi.

Ora gli strofinò entrambe le mani su di lui, accarezzandolo, arruffandogli i capelli sul petto, muovendosi lungo i suoi fianchi muscolosi con movimenti lenti.

La sua pelle era callosa, le mani di un'artigiana, non un tipico essere umano, e si vergognava di rendersi conto che il pensiero le piaceva.

"Non è adatto per un essere umano guardare il corpo di un nano", la informò, "semplicemente non è naturale".

"Allora dimmi cosa voglio sapere!"

Dal momento che lui non ha detto niente, lei sbuffò con rabbia.

Poi ha afferrato la sua maglietta, cercando di strapparla a mani nude.

"No! Liberami, sciocco umano!"

La stoffa si strappò con un forte suono, strappandosi mentre Iris la allungava con rabbia, lasciando nient'altro che pezzi intorno alle sue braccia.

"Sarebbe difficile per chiunque non guardare il tuo corpo ora, nano maestro."

"Pervertito! Non pensare di potermi tentare."

Ha riso davvero di questo.

"Non sto cercando di tentarti. Sto cercando di umiliarti, punirti per quello che la tua gente ha fatto alla mia, o. Per meglio dire, per quello che non volevi fare." Lei sbuffò in modo derisorio, "Non mi interessa il tuo piccolo cazzo!"

"È grande quanto quello di un essere umano!" sbottò con rabbia, ricordando qualcosa che gli aveva detto Adriana, "il che credo significhi che la tua gente è quella mal equipaggiata."

Iris rise di nuovo.

"Come se tu potessi saperlo!" Si sporse più vicino, uno sguardo determinato e crudele sul suo volto, "Certo, se non vuoi che ti dimostri che sei un bugiardo, è meglio che inizi a parlare."

Troppo tardi, si rese conto di averla appena provocata.

"Non!" disse, la paura genuina che cominciava a prenderlo per la prima volta.

Se lei avesse visto il suo stato attuale, non sarebbe mai riuscito a superare la vergogna.

"Nerd ..."

"Allora parlami dei tuoi amici," sibilò trionfante.

"Non posso tradirli ... ma tu non devi ..." cercò disperatamente di pensare a qualcosa da dirle, "ascolta ... no, non farlo ..."

Iris gli tirò forte i pantaloni, costringendolo a scivolare lungo la gamba del tavolo, la schiena quasi piatta sul pavimento, le braccia tese dolorosamente dietro di lui.

Li abbassò intorno alle caviglie, poi guardò il corpo nudo di Snagg, il suo pene semi-eretto ora completamente esposto.

La donna bionda balzò in piedi, portandosi una mano alla bocca mentre i suoi occhi si spalancavano per lo shock.

"Per gli dei ..." disse, una risatina reale gli sfuggì dalle labbra, "sei eccitato da questo! Sei davvero eccitato." Lei rise, schiaffeggiandosi allegramente una coscia, "e tu mi chiami pervertito! Ah ah ah!"

"Non vedo niente di divertente," scattò in risposta, cercando di tornare in posizione seduta e spostando indietro le cosce per cercare di nascondere il suo imbarazzo, anche se era troppo tardi.

"Non per te, forse. Anche se," ammise, continuando a sorridere, "immagino che tu non stia mentendo". Si prese un momento per mantenere la calma, prima di assumere una faccia un po 'più seria. "Ma questo apre tutti i tipi di nuove possibilità."

"Quello che lo fa?"

"Per esempio, vedo che sei interessato a me, ma non puoi avermi. Anche se non vuoi parlare, posso almeno tormentarti con questo."

"Ma a me non interessa! La stanza è calda, ecco tutto."

"No, non lo è. Oh, e il fatto che tu non lo ammetta, nemmeno a te stesso, lo rende ancora più divertente. Almeno lo fa per me, se non lo fa per te."

La fissò, ma lei si chinò per togliersi le scarpe.

"Cosa ... cosa stai facendo?" Chiese preoccupato di conoscere già la risposta.

"Sei interessato a me, maestro nano," disse, voltandosi in modo da dargli la schiena e poi guardandosi alle spalle per fissare i suoi occhi azzurri su di lui. "Vuoi toccarmi, sentirmi, ma non puoi farlo, perché sei legato lì, e non ho intenzione di darti nulla. Ma ti mostrerò cosa ti manca e ti farò affrontare il tuo desiderio."

"Continuo a dirtelo," ringhiò, "Non ti voglio. Tu sei umana, e io non lo sono. Perché dovrei essere interessato a uno ... così lungo, molle, attenuato, muscoloso e flaccido .. ." farfugliò indignato.

"Continua a dirti che ...", disse mentre iniziava a slacciare i lacci sul retro del vestito, togliendolo dalle braccia, "perché chiaramente lo sei" annuì in direzione del suo inguine, attualmente nascosto da lei sollevata cosce.

La lunga gonna di Iris le cadeva intorno alle caviglie e lei la tolse in seguito.

Come si era vestita Adriana, sotto indossava un abito più corto, di stoffa più sottile e quasi senza maniche.

Al di sotto di questo, lo sapeva, avrebbe indossato mutandine indecentemente corte, non quelle modeste alte fino alle cosce delle donne nane.

L'idea provocò un altro scalpore sul suo cazzo e dovette sforzarsi di ricordare che non era attratto dalle donne umane.

L'ultima volta era stato l'afrodisiaco a provocare tutta la sua eccitazione.

Quella era l'unica ragione.

E tutto quello che Adriana aveva affermato di non poter cambiare i desideri, ma solo di indebolire la sua determinazione a ignorarli, non ci credeva.

Era stato un trucco, altrimenti non le avrebbe fatto qualcosa del genere.

Doveva concentrarsi su quel pensiero e mostrare a Iris che non aveva alcun potere su di lui.

Anche tra i nani, le donne non erano mai dominanti e lui sapeva in fondo che quello che stava facendo era sbagliato.

Potrei resistere.

E io resisterei.

Iris si voltò a guardarlo di nuovo, facendo scivolare una mano seducente lungo il fianco, lisciando il tessuto leggero e sfilandosi il vestito.

"Vorresti che questa fosse la tua mano, giusto? Andiamo, ammettilo."

Non lo dignitò con una risposta.

Iris fece un altro passo in avanti, tirando su un lato della camicia da notte, rivelando una coscia cremosa.

Le sue gambe erano più lunghe e sottili di quelle di qualsiasi donna nana, e sotto c'era un ridicolo accenno di muscoli.

Allora perché quella forma arrotondata, quella pelle morbida e pallida, sembrava così attraente?

"Ti interessano le mie gambe? Vuoi baciarle? Scommetto che la tua barba mi farebbe il solletico."

Si voltò, fissando il muro. Doveva smetterla di pensarci.

"Bene, questa è la prima volta che smetti di cercare, nano maestro," fece notare, avvicinandosi, "ma non possiamo permetterlo, vero?"

Si inginocchiò accanto a lui, ma lui si rifiutò di riconoscerla.

"Guardami," fece le fusa la bionda, "sai che vuoi farlo. Guarda, ma non toccare. Il desiderio di farlo deve farti impazzire."

La ignorò, fissando ancora il muro, fingendo che non fosse lì.

C'era poco che potesse fare, al momento, per dimostrarle quanto si sbagliava con lui.

"Oh, ma posso toccarti," disse, mettendo di nuovo le mani sul petto.

Non la stava ancora guardando.

"Dai, non uno sguardo?"

Scosse la testa, in silenzio, mentre le sue mani scivolavano lungo i suoi fianchi, sotto la base delle sue costole, fino ai suoi fianchi, i suoi pollici che sfregavano i capelli scuri lì.

Si dimenò mentre scivolavano più indietro, giù per le sue natiche, prendendo a coppa, tenendo e stringendo.

Si spostarono da lì alle sue cosce, prima fuori, poi dentro, salendo lentamente centimetro dopo centimetro.

"Non mi interessa quello che neghi," disse, "il tuo cazzo ti mostra che sei un bugiardo. È difficile come dovrebbe essere, vedi? E questo mostra quali pensieri ti stanno davvero passando per la testa."

"Tutte le donne umane sono così sfacciatamente lussuriose?" sbottò, voltandosi per lanciarle uno sguardo arrabbiato.

"Cosa?" Disse sarcastico, "conosci qualche altro essere umano con cui confrontarmi?"

"No ... no, certo che no," balbettò, diventando rosso quando un'immagine delle lunghe cosce di Adriana apparve davanti a lui.

"Per gli dei, questo migliora solo!" Iris gridò sbalordita, staccandosi da lui e alzandosi in piedi. "Sei davvero un pessimo bugiardo, vero? Come è successo, in nome degli dei? Ti comporti come se l'avessi fottuta E non lo ammetti nemmeno a te stesso! Devo sapere, hai davvero scopato lei??

Snagg chiuse gli occhi e strinse i denti, sbattendo la testa per la frustrazione contro la gamba del tavolo dietro di lui.

Vorrei poter scappare da questa pazza!

"Questo mi riporta alla minaccia, non è vero? Perché ora so qualcosa di te che davvero non vuoi sapere. Perché, potrei dire a chiunque."

"Per favore ... per favore no ..." Era quasi un sussurro.

Si sentiva imbarazzato, non solo per quello che aveva fatto, ma per come suonava ora.

Se solo quella vergogna potesse fare qualcosa per bandire il bruciore che questa donna stava provocando nelle sue viscere.

"Quindi alla fine supplica. Beh, sai cosa devi fare," la sua voce si fece di nuovo dura, "dimmi cosa voglio sapere."

"Non posso ... per favore ..." soffocò le parole, incapace di continuare oltre.

"Allora è meglio che andiamo avanti con questo," disse, voltando le spalle di nuovo, "finché non cambierai idea."

Le sollevò l'orlo della camicia da notte fino alla vita, mostrando la curva delle sue natiche dentro le mutandine indecentemente corte sotto.

I suoi occhi si spalancarono quando lei mosse un po 'i fianchi, stuzzicandolo ancora di più.

Ma non che funzionerà, si disse un attimo dopo.

Ovviamente no.

Iris sollevò più in alto la camicia da notte, poi si librò sopra la sua testa, dandogli una visione della sua schiena nuda e snella.

Era troppo magra per i gusti di un nano e allampanata per i suoi standard, anche se forse non così tanto per un umano.

Non aveva nemmeno i muscoli delle spalle, si disse.

Le donne dovrebbero essere in forma e in salute, non con tutte quelle linee e curve lunghe e sottili che aveva l'umano.

La donna bionda incrociò le braccia sui seni e si voltò a guardarlo di nuovo, ora con indosso solo le mutandine.

La sua pancia, ovviamente, sembrava strana quanto la sua schiena, troppo sottile e lunga.

D'altra parte, doveva ammettere che il suo petto era impressionante come quello di qualsiasi donna nana.

Adriana era stata molto più piccola, ricordava, i suoi capezzoli anormalmente piccoli, o almeno così gli erano sembrati.

"Beh, posso vedere cosa stai guardando," disse Iris, "pronta ad ammettere che vuoi vedere di più?"

Sapeva che non ci sarebbe stata alcuna differenza in quello che aveva detto, quindi non ha detto niente.

Dovrebbe davvero provare a ignorare i suoi giochi stravaganti.

Iris sogghignò, un lampo di denti bianchi contro le labbra rosa, e allargò lentamente le braccia, le mani ancora premute contro il suo corpo, finché non si posarono sui suoi capezzoli, l'unica cosa sulla sua vita ora nascosta alla vista.

I seni dell'umano, rifletté, erano un po 'cedevoli rispetto a quelli di un nano.

Dovrebbero essere più sodi, anche se le loro dimensioni e la curva arrotondata sono gradevoli alla vista.

Sembravano cuscini morbidi, flessibili e confortanti su cui appoggiare la testa ... si staccò rapidamente da quella serie di pensieri, ignorando il pulsare nel suo cazzo.

"Ti piacciono eh? Vuoi toccarli, posso vederlo. Ma non te lo permetterò."

Ora sollevò lentamente le dita, allontanando le mani dai morbidi tumuli, esponendo capezzoli rosa pallido con grandi aloni.

Il pensiero che le sue tette somigliassero più a un nano che a quelle di Adriana gli aveva fatto sobbalzare il cazzo, e chiuse gli occhi per bloccare la vista.

Tuttavia, poteva ancora vederli nella sua mente quando sentì Iris camminare verso di lui ancora una volta.

"Apri gli occhi, non vuoi perderti niente."

Scosse la testa, ma poi sentì la sua mano sul ginocchio e la sorpresa li fece riaprire.

Si allungò verso di lui ed era seduta a poca distanza, prendendo a coppa i suoi grandi seni tra le sue mani.

Fissò i suoi occhi azzurri su quelli scuri e iniziò ad accarezzare i tumuli, passandosi le mani sui capezzoli, strizzandoli, enfatizzando la morbidezza del suo corpo.

I suoi capezzoli si stavano indurendo, gonfiandosi sotto la punta delle dita, mucchi di carne rosa che emergevano dalla pelle più chiara.

"Vuoi toccarli?" chiese la bionda avvicinandosi "vuoi baciarli?"

Adesso era a pochi centimetri da lui, china su di lui.

I seni gli riempirono la vista, mentre li sollevava per esaminarli.

Una mano saettò tra le sue gambe, prendendole le palle pelose, e non poté fare a meno di sussultare dalle sue labbra.

Iris fece scorrere la punta del dito indice lungo la parte inferiore del suo pene eretto, accarezzandogli contemporaneamente il seno sinistro con la mano libera.

"Vuoi spremere i miei capezzoli duri?" suggerì, chinandosi per sussurrarglielo all'orecchio.

"Forse, ma non puoi," disse all'improvviso, allontanandosi da lui e tornando verso il letto, fuori dalla sua portata.

La guardò di nuovo, una furiosa maledizione sulle labbra.

Era pazza, non solo per mettersi in mostra in questo modo, ma per aver immaginato che lo avrebbe eccitato.

Il fatto che lei avesse effettivamente accarezzato le sue parti più intime ... il suo cazzo tremò di nuovo al pensiero, e fece del suo meglio per ignorarlo.

Mentre immaginava la prossima cosa che avrebbe fatto, Iris si tolse le mutandine e ora si sedette sul letto con le gambe divaricate, il tutto in piena vista del nano prigioniero.

I suoi capelli biondi erano più radi di quelli di una donna nana, un riflesso della generalità senza peli che gli umani, maschi e femmine, condividevano a vari livelli.

Dopotutto, non erano solo la sua altezza e la sua forma ad essere anormali.

Iris si passò le mani sulle cosce, sul ventre, tenendo le gambe divaricate.

Era una dimostrazione di così tanta lussuria che difficilmente avrebbe potuto immaginarla prima che lei iniziasse.

Tuttavia, tale era la spudoratezza del suo comportamento che non riusciva a staccarle gli occhi di dosso.

La bionda aveva alzato la mano sinistra per strofinare uno dei suoi ampi seni, mentre l'altro lo aveva sommerso tra le sue gambe, arruffando i corti peli sul suo monticello e poi premendo contro le sue labbra rosa.

Iniziò a muovere la mano in cerchi delicati, premendo leggermente tra le labbra e lasciando fuori alcuni piccoli sussulti di piacere.

Passarono alcuni istanti prima che si rendesse conto di quello che stava facendo, dato che non aveva mai visto una donna fare qualcosa del genere prima.

"Vorresti che fossi tu a farlo, giusto?" chiese, la sua voce bassa e roca, "mmm ... beh in questo momento non ho bisogno di nessun uomo, men che meno di te."

Il suo dito medio si immerse più in profondità e, per un momento, le sue labbra si aprirono, esponendo la loro profondità al suo sguardo sorpreso.

Potevo vedere che il suo viso era già arrossato e le sue dita erano bagnate dai segni della sua stessa emozione.

Alzò la mano e la luce balenò sulle macchie umide.

"Cosa ne pensi, Dwarf Master?" disse alzandosi di nuovo e facendo qualche passo verso di lui.

Lottò per scappare, ma lei si sporse in avanti, il suo corpo fuori portata, ma con il braccio destro teso.

"Questo è sbagliato!" implorò quando la sua mano si allungò.

Alla fine riuscì a rialzarsi, colpendo con le mani legate la parte inferiore del pesante tavolo.

Allungò una mano, spalmando il succo della sua sconveniente lussuria sul suo viso, asciugandoglielo dalla barba.

Questo era già troppo, e finalmente cominciò a sentire il suo bruciore placarsi.

E poi, mentre lei si allontanava per tornare al letto, si rese conto che gli anelli di corda attorno ai suoi polsi si erano impigliati in un chiodo che sporgeva dalla parte posteriore della gamba del tavolo, proprio nel punto in cui si congiungeva con la parte superiore.

La corda stava cominciando a strapparsi ...

Se poteva continuare a strapparlo più volte senza che lei lo vedesse, avrebbe avuto la possibilità di liberarsi!

Iris era tornata a letto, allargando di nuovo le gambe e tornando al proprio piacere.

I suoi occhi si chiusero mentre lo faceva.

Aveva solo una possibilità, ma doveva muoversi velocemente e in silenzio.

Strofinò la corda contro il chiodo più volte e alla fine il materiale si strappò.

Le lasciò le braccia, mentre pezzi della sua camicia cadevano a terra.

Allungò una mano e afferrò un coltello da falegname che era sul tavolo, quando sentì Iris urlare allarmata e scagliarsi contro di lui.

Abilmente, rotolò di lato, fuori portata, sulla schiena, sollevando le gambe in modo da poter tagliare i legami con il coltello.

L'umano le afferrò il polso, ma la scrollò di dosso.

Ha tagliato di nuovo le restrizioni e finalmente si è liberato.

Urlò quando lui si lanciò contro di lei con il coltello, salendo sul letto.

Saltò sul letto, cadendo su di lei mentre lei cercava di fermarsi con il suo braccio sinistro alla sua destra premendo il coltello contro la sua gola.

Iris era molto tranquilla, i suoi occhi azzurri spalancati per la paura, la sua passione precedente evidentemente svanita.

"Come osi trattarmi così!" sibilò: "Non sei solo un pervertito, sei pazzo! Di cosa si tratta? Sapevi che non avrei parlato, l'hai detto molte volte, quindi a cosa serviva? Solo per il tuo piacere? E non urlare di nuovo, o giuro che ti taglierò la gola. "

"Volevo punirti perché la tua gente aveva ignorato il mio," ringhiò, tornando alla sua vecchia battaglia, anche se ovviamente non osava muoversi o gridare.

"Non solo hanno ignorato la tua gente, ma anche te, su cosa ho ragione? Hai detto che le donne del tuo villaggio hanno cercato di offrirsi in cambio di segreti artigianali, qualcosa che nessun nano avrebbe accettato come pagamento. quelle donne, avevi ragione? È stato tutto a causa del tuo fallimento, su cosa ho ragione? "

Annuì lentamente, il coltello ancora premuto contro la carne della sua gola.

"Volevo sapere che il problema non ero io, che i fabbri nani non avevano detto niente solo perché non volevano che i loro compagni scoprissero la verità più tardi. E aveva ragione. Potevo sentire come lo volevi tu e sì, accidenti, ti ho punito per questo. ".

"Non era interessato!" disse con forza, cercando di ignorare il fatto che il suo pene, che era diventato floscio durante il combattimento, aveva ora la punta annidata nella leggera depressione dell'ombelico.

La sensazione confortante e calda della morbida fossetta nella sua carne lo spinse a gonfiarsi di nuovo, e cercò di persuadersi che non si sarebbe mosso dalla sua posizione perché così facendo avrebbe potuto dargli una possibilità di difendersi.

"Penso che entrambi sappiamo che è una bugia. Difficilmente avresti potuto dimostrarlo in modo più efficace."

"Non devi dirlo a nessuno. Ricorda, ora sono io che ho il coltello, posso ucciderti ogni volta che voglio."

Sperava che lei credesse a quella bugia.

Non importava cos'altro fosse, ma era una vittima del diavolo, controllata dalla mente per eseguire i suoi ordini, una vittima innocente che meritava di vivere ... finché poteva persuaderla a rimanere in silenzio.

"Non vuoi sapere dove sono la tua armatura e le tue armi? Posso condurti da loro, posso mostrarti la via d'uscita. Posso dirti che mi hai costretto ... e questo è abbastanza vicino alla verità."

"Fallo e ti lascerò vivere", disse, "ma non incrociarmi di nuovo o sarà il tuo destino".

"A una condizione," rispose Iris, con un tocco d'acciaio che tornava nella sua voce.

"Non credo che tu sia nella posizione di negoziare. Mantenerti la vita dovrebbe essere abbastanza per te."

"Ma non vuoi uccidermi, posso vederlo nei tuoi occhi. Oh sì, sei arrabbiato, ma non abbastanza da uccidermi. Inoltre, ti è piaciuto il mio piccolo spettacolo, quindi ti ho già dato qualcosa Dovrei ringraziarti per. "

"Per cosa ti ringrazio?" chiese incredulo "sei davvero pazzo".

"Ti lascerò uscire di qui a una condizione," ripeté, "voglio sapere. Voglio sapere cosa sarebbe dovuto accadere in città".

"Sai cosa?" chiese, a bocca asciutta, quasi non credendo che lei volesse condizionarlo, chi pensava che fosse?

"Mi hai preso. Quei nani mi hanno rifiutato, ma tu sei sdraiato sopra di me, con un grosso cazzo duro e sodo premuto contro la mia pelle, e non è come se non l'avessi fatto prima. Mostrami cosa avrebbe potuto avere è successo a me ... oa te. Non uscirai mai di qui. "

Si appoggiò un po 'indietro, sollevando il corpo da quello di lei, scuotendo la testa senza dire nulla.

Questa situazione era di nuovo come quella di Adriana.

E le donne umane?

"E non è che tu non voglia."

Alla fine si arrese.

"Pensi di essere così irresistibile?" gridò con rabbia lanciando il coltello, "è questo quello che vuoi?"

La spinse di nuovo sul letto e le afferrò una gamba, sollevandola in modo che la parte posteriore del ginocchio poggiasse sulla sua spalla.

I suoi capelli biondi e la figa allettante erano a pochi centimetri dal suo cazzo, che stava già rapidamente crescendo a grandezza naturale.

"È questo che vuoi?" le chiese di nuovo, spingendosi dentro di lei.

Grugnì di piacere mentre le sue labbra morbide lo avvolgevano, e si aggrappò alla sua coscia sollevata, le sue dita carnose afferrarono la carne tenera.

"È questo quello che stavi aspettando da tutti questi anni?"

Cominciò a pompare dentro e fuori, punteggiando le sue parole con impulsi ripetuti.

"Vuoi ... il ... duro ... e ... virile ... cazzo ... di ... un ... nano ... nella ... tua ... fica ... di ... umano ...?"

Iris gemette, un suono di profonda soddisfazione, ansimando e ansimando mentre lui continuava a scoparla.

Riusciva a sopportare solo occasionali urla di consenso o di incoraggiamento, esortandolo a continuare.

Il sentimento per lui, in qualche modo, era anche migliore che con Adriana.

La sua fica scivolosa cedeva a ogni movimento.

I suoi occhi erano ipnotizzati dall'ascesa e dalla caduta dei suoi grandi seni, tremanti più di quanto farebbe un nano, e dal movimento del suo ventre non troppo sodo.

Si sedette leggermente, sdraiato sopra di lei ora, la sua testa appena sotto il mento e il seno premuto contro la sua spalla.

Rallentò i suoi movimenti dentro di lei, volendo godersi l'esperienza, impiegando più tempo di quanto avesse fatto con Adriana.

Con una mano pesante afferrò un seno, impastando mentre le sue stesse mani gli afferravano le spalle e il culo.

La sensazione del tumulo contro le sue dita indagatrici era strana, molto morbida e piacevole, e assaporò la sensazione mentre continuava ad accarezzare la carne flessuosa, qualcosa che non aveva fatto durante il suo precedente incontro con un umano.

Si liberò, il suo cazzo bagnato colpì l'interno della coscia di Iris mentre lei emetteva un gemito deluso.

In risposta, lui avvolse entrambe le mani attorno a uno dei suoi seni, premendolo contro il suo viso, aprendo la bocca per prendere il capezzolo rosa e gonfio all'interno.

Lo succhiò, il naso affondato nella sua carne morbida, leccandolo con la lingua mentre cedeva al desiderio di lei.

"Aveva ragione ..." disse Iris senza fiato, "la tua barba mi solletica."

Si appoggiò allo schienale, aggrottando la fronte per il possibile insulto, e le afferrò ciascuna delle gambe, costringendole ad aprirle.

Poi si mise a sedere e le tirò le natiche in grembo, impalandola ancora una volta.

La testa di Iris scattò all'indietro, il suo viso arrossì profondamente, ansimando più velocemente questa volta mentre riprendeva le sue vigorose spinte.

Le sue cosce erano contro il suo petto, le sue ginocchia su entrambi i lati della sua testa, e usò una mano per mantenersi mentre allungava l'altra per afferrare un petto che sobbalzava.

"Ammettilo ..." riuscì a boccheggiare, tra gemiti di piacere.

Non si preoccupò di chiedere cosa intendesse.

"Sei troppo alto," disse, "sei allampanato e morbido, la tua vita è troppo stretta, le tue spalle sono troppo fragili, la tua pelle è troppo glabra ... eh ... eh ... e con i nomi di tutti dèi nani ... mi piace ... questo mi piace molto ... "

Non poteva credere che quelle parole fossero uscite dalla sua bocca, ma ora non poteva mai tirarsi indietro.

Non c'era afrodisiaco, niente lo obbligava, nessuna scusa possibile che potesse inventare per crederci.

Era umana, eppure la trovava incredibilmente eccitante sessualmente, in un modo che non avrebbe mai immaginato possibile.

Energizzato dalla realizzazione, aumentò il ritmo delle sue spinte, colpendola più e più volte mentre i suoi gemiti aumentavano, senza parole ora che era persa nel rilascio della propria lussuria.

Hanno raggiunto il culmine insieme.

Lanciò un grido di puro piacere mentre riempiva la sua debole fica umana di spruzzi dopo spruzzi di caldo sperma nano.

Rimase così per un momento, assicurandosi che l'ultimo seme rimanesse dentro di lei.

I suoi fianchi continuarono a fare piccoli movimenti fino a quando finalmente si ritirò, ansimando mentre si sdraiava accanto a lui.

Poi seppe che non voleva che fosse l'ultima volta.

CAPITOLO XXXVI
YASIMINA

"Andiamo ..." disse Yasimina, proprio mentre il corridoio sprofondava nell'oscurità, "... esci!"

Le sue parole svanirono nel vuoto quando si sentì voltare, perdendo ogni senso dell'orientamento.

Le trottole si fermarono, ma la luce non tornò.

Trattenne il respiro, la spada ancora in guardia davanti a lei.

Ma come l'avrebbe usato se non avesse potuto vedere niente di fronte a lui.

"Sono tutti qui? Luce!" lei ha urlato.

Non ci fu risposta, e il modo in cui la sua voce riecheggiò sui muri le disse che il corridoio adesso era vuoto.

Se era anche lo stesso corridore, di cui ora dubitava.

Qualsiasi magia che avesse spento le luci avrebbe potuto anche condurli in diverse parti del complesso, separandoli e rendendo difficile ritrovare la via del ritorno, almeno senza rivelare la loro posizione ai nemici.

Il demone stesso, ne era certa, non sarebbe stato ostacolato da qualcosa di così banale come l'assenza di luce.

Tuttavia, i membri dell'harem dovrebbero essere ciechi quanto lei ... presumendo, ovviamente, che Amazarac non avesse pensato di equipaggiarli con qualche tipo di oggetto magico.

Gli avventurieri erano in grande svantaggio, intrappolati in un labirinto di corridoi che non conoscevano e non potevano nemmeno vedere.

Ma quanto può essere grande quel labirinto?

Ci sarebbe un limite ovvio, ma sicuramente la magia potrebbe nasconderlo un po '.

Allungò una mano e toccò il muro.

Allora era ancora in una specie di corridoio.

Tutto quello che poteva fare era andare avanti e forse avrebbe trovato un posto dove ci fosse luce.

Oppure il demone l'avrebbe trovata, il che le avrebbe almeno dato la possibilità di fare qualcosa.

Fece un passo avanti, facendo passi misurati, trascinando la mano sinistra lungo il muro, tenendo la spada davanti a sé, come se minacciando l'oscurità nera davanti a lei.

Le sue orecchie colsero il suono di una rissa.

Una delle sue compagne, probabilmente Snagg, aveva trovato qualcosa, ma lei non era lì per aiutarlo.

Accelerò il passo, sperando di trovare qualche svolta nel corridoio che portava nella giusta direzione.

La sua mano trovò la superficie di legno di una porta.

Era un po 'troppo regolare per il vero legno, anche lei poteva dirlo, ma stava guidando nella direzione dei suoni.

Anche se non litigava più, ma parole soffocate che non poteva afferrare completamente.

Non era un buon segno.

Spalancò la porta, ma dall'altra parte c'era solo più oscurità.

Entrò e agitò la spada, ma non trovò nulla.

Facendo alcuni passi in avanti, la punta della spada colpì qualcosa di morbido.

Tuttavia, non c'era alcun suono, nessun accenno di movimento.

Allungò la mano libera e trovò quello che sembrava essere un fagotto di stoffa che gli bloccava il cammino.

Presto si rese conto di non aver trovato niente di più eccitante di un piccolo magazzino, senza altri sbocchi.

Represse una maledizione di frustrazione e uscì nel corridoio.

Potrebbero esserci dozzine di stanze qui, e ci sarebbe voluto del tempo prezioso per non doverle perquisire.

Anche se potessi vedere

Molto di più in queste condizioni.

Il silenzio era tornato ancora una volta.

Snagg era stato vittorioso?

Se avesse affrontato il demone da solo, sarebbe sembrato dubbio, anche se non era certo che l'avrebbe fatto.

Oltre ad Amazarac, dovrebbero esserci quattro donne qui.

Uno di loro era un guerriero, un'alta bruna vestita di pellicce barbare, ma gli altri tre sembravano abbastanza innocui, semplici prigionieri che aveva portato per strada, scelti per il loro aspetto, non per la loro abilità.

Dopotutto, un harem non era pensato per l'autodifesa, specialmente da qualcosa che probabilmente era ritenuto in primo luogo invulnerabile.

Ha trovato un'altra porta; nient'altro che oscurità silenziosa oltre ancora una volta.

Non aveva senso esplorarlo, allora.

Sarebbe meglio restare con il broker.

Se Amazarac e il barbaro fossero in cerca di intrusi, sarebbero lì.

Nella migliore delle ipotesi, avrebbe potuto trovare una delle altre donne rannicchiata in una stanza, e non poteva vedere come sarebbe stato di qualche utilità per lui.

Ciò avrebbe semplicemente rivelato la loro posizione e non aveva modo di liberarli dalla loro schiavitù.

Ha continuato a camminare.

Poi, proprio mentre girava un angolo, il suo piede colpì qualcosa di morbido.

Si inginocchiò, tastando con la mano.

Una donna, incosciente.

Doveva essere la rossa, ancora sotto l'incantesimo di Conan.

Almeno adesso sapeva di essere vicino all'ingresso.

Ci fu un suono sommesso dietro di lei, e si voltò, ancora accucciata, con la spada puntata mentre qualcosa ronzava nell'aria verso di lei.

La colpì, facendola cadere a terra, ma non con grande forza.

Troppo tardi, si rese conto che la cosa era una rete, con delle corde avvolte magicamente intorno.

Qualcosa si è rotto, poteva sentire il suono, ma non poteva dire cosa fosse.

Ha cercato di alzarsi, ha cercato di lanciare la rete, ma era come combattere una creatura con una dozzina di tentacoli.

Mentre si muoveva, i lacci della rete si strinsero, costringendole le gambe a inginocchiarsi, le cosce premute contro i suoi polpacci.

Le tirò il braccio sinistro lungo il fianco e lei sentì che solo la sua gorgiera impediva alla rete di strangolarla.

Poteva ancora muovere il braccio della spada ...

Il suono spezzato che aveva sentito doveva essere stato una delle corde che si laceravano, tagliandosi via con la lama affilata.

Il che significava che aveva la possibilità di liberarsi.

Se solo potessi farlo in tempo.

Grugnì per lo sforzo mentre le corde si stringevano, costringendola a una posizione scomoda.

Anche con la parte superiore del braccio con cui teneva la spada fissata al petto, libera solo dal gomito in giù.

Ha cercato di tirare le corde sul petto, sperando di liberare l'altro braccio, o forse anche entrambi.

"Oh, non credo," disse una voce, mascolina e liscia come la seta.

La sua spada fu strappata dalla sua presa e gettata di lato in modo che cadesse a terra.

Si scagliò con il pugno, perché almeno aveva ancora un mezzo braccio libero, ma afferrò il suo aggressore solo con un colpo molto leggero.

Rise crudelmente.

"Anche questo ti farà ben poco. Sei mio prigioniero, accettalo. Hai fallito."

Prima che lei potesse raggiungere il suo pugnale, anche lui l'aveva lasciato cadere.

Evidentemente poteva vedere perfettamente al buio, proprio come lei sospettava.

Ha cercato di alzarsi con il braccio libero e ha afferrato le corde intorno al suo corpo.

Tirarli non ha avuto alcun effetto positivo, li ha solo fatti stringere di più.

Non c'era niente che potesse fare adesso, si rese conto, ma doveva aspettare e conservare le sue forze.

Forse avrebbe avuto più possibilità in seguito.

Dopotutto, i suoi compagni erano ancora lì, o almeno così sperava.

Udì il suono di un incantesimo sussurrato, vide un lampo di luce bluastra che in qualche modo non poteva illuminare nulla intorno a lui, e poi sentì una donna gemere.

Ovviamente Amazarac aveva svegliato la rossa.

"Quanti di loro sono lì?" chiese con voce calma ma urgente.

"Quattro ... credo ... di aver visto solo di sfuggita. Potrebbero essercene di più."

"Ah!" Amazarac sbuffò con un suono di soddisfazione, "e ne ho catturati quattro. Vedi, donna guerriera," Yasimina poteva sentire che ora si era rivolto a lei, "hai fallito. Totalmente, come tutti quelli che mi sfidano."

Quattro, pensò il paladino.

La donna ne aveva visti solo quattro.

Uno era andato perso, molto probabilmente Zula, con la sua piccola taglia.

Quindi almeno uno di loro era libero nel complesso.

Anche se solo uno fosse stato lasciato libero, forse lui o lei avrebbe potuto salvare gli altri.

Era un pensiero che valeva la pena mantenere.

Non tutto era ancora perduto, qualunque cosa credesse Amazarac.

"Non posso esserne sicura," disse la voce della donna, "è stato solo un momento."

"Allora portiamo questo prigioniero nella sala del trono e assicuriamoci."

Amazarac afferrò il braccio libero di Yasimina e iniziò a trascinarla sul terreno.

Era chiaramente forte, doveva darglielo, ma cosa ci si poteva aspettare di meno da un demone?

"Ma non riesco a vedere!" gemette la rossa.

"È una protezione magica, parte delle stanze di questo posto. Segui il suono, Freya, non hai bisogno di aiuto."

Yasimina si sentì trascinata senza tante cerimonie lungo una serie di corridoi tortuosi, che conducevano ulteriormente nel labirinto.

Strinse i denti e sopportò l'umiliazione: non c'era molto da ottenere lamentandosi.

In effetti, non passò molto tempo prima che sentisse alcune porte aprirsi, e poi la luce si riversò sul suo viso.

L'hanno trascinata in una stanza ben illuminata e poi l'hanno lanciata a metà gettandola contro una serie di cuscini sparsi.

La stanza era sontuosamente decorata e dalla sua posizione sul pavimento poteva vedere diverse sedie e tavoli bassi, con una delle sedie alta e dorata, che corrispondeva effettivamente alla descrizione di un trono.

Qui c'erano anche statue di demoni con molte braccia, gatti predoni e ballerini quasi nudi.

Dal suo punto di vista, riusciva a distinguere piatti, brocche e ciotole sui tavoli, alcuni dei quali carichi di cibi ricchi.

Amazarac le voltò le spalle, guardando il suo premio.

Sembrava completamente umano, anche se di estrazione esotica.

La loro pelle era scura, di un ricco colore marrone, simile a quella di molti zamorios, sebbene i loro tratti del viso fossero più simili a quelli dei nativi di Tarantia.

Aveva lunghi capelli neri che gli cadevano in una criniera intorno alle spalle, una barba corta e appuntita e occhi neri come la notte che brillavano di crudele disprezzo.

Era avvolto in una veste fatta di quella che sembrava essere seta viola, rifinita d'oro.

A differenza delle vesti dei maghi di Tarantia, arrivava appena sotto le ginocchia e poteva vedere che indossava pantaloni di seta abbinati e pantofole bianche decorate con fili d'argento.

Un'ampia cintura dorata le cingeva la vita, stringendo la vestaglia per mostrare il potere delle sue spalle e del petto muscoloso sotto la seta.

"Hai portato la spada?" chiese, evidentemente parlando a Freya, che era appena entrata nella stanza, sbattendo le palpebre nella luce improvvisa. "Non importa. Mettilo sul tavolo, non ti servirà a niente. Adesso chiudi la porta, c'è qualcosa che devo fare."

La rossa ha agito obbediente, mentre Amazarac si è mosso per sedersi sul suo trono.

C'era una sfera posta sul bracciolo destro, una sfera nera lucida su cui il demone muoveva la mano.

"In questo modo," disse un attimo dopo, "ora non saremo interrotti".

"Vedi," disse, alzandosi e camminando verso il paladino prigioniero, "nel caso ci siano più di voi, ho protetto questa stanza con un incantesimo di disorientamento. Anche se qualcuno potesse trovarlo al buio, perderà tutto senso dell'orientamento e si allontanerà dalla porta. Solo le mie seguaci di sesso femminile sono al sicuro dall'effetto. Penso di aver catturato tutte le tue compagne, ma anche se non l'ho fatto, nessuno verrà a salvarti. "

Ha cercato di non mostrare la delusione.

C'era sempre una possibilità, fintanto che sarebbe rimasta in vita, non importa quanto piccola potesse essere.

"Ma fammi vedere. Apri la mia mente, donna mortale, e dimmi quello che sai."

Si chinò più vicino, i suoi occhi scuri spalancati, uno sguardo ipnotico che poteva sentire perseguitare la sua anima.

Inviò una frettolosa e silenziosa preghiera a Ymir e poi chiuse la sua mente da ogni pensiero.

Faceva parte dell'addestramento spirituale del suo ordine, una parte della disciplina mentale richiesta ai paladini.

Chiuse gli occhi sul demone, immaginando un muro solido nella sua mente.

Gli altri suoi pensieri li spinsero in fondo alla sua mente, fuori dalla portata delle dita mentali del demone.

Poteva sentire quelle dita, sondare il muro immaginario, pungolare e cercare un modo per entrare, una sensazione molto spiacevole nella sua testa, eppure si rifiutava fermamente di lasciarsi sopraffare da quella sensazione.

Amazarac grugnì e si appoggiò allo schienale, scoprì i denti e batté su un tavolo per la frustrazione.

"Ha avuto un allenamento per resistere a questo ... un metodo che mi tiene lontano! Posso sentire i suoi pensieri, ma non leggerli. Accidenti a te, umano, ma non pensare che questo mi fermerà."

Si calmò visibilmente, accarezzandosi la vestaglia, anche se non era davvero trasandata.

Si voltò verso Freya, in piedi obbediente al lato della stanza.

"Hai detto che erano in quattro. Che aspetto avevano?"

"Un nano, un uomo e una donna, e lei ovviamente," affermò Yasimina, "l'uomo aveva i capelli scuri, questo era tutto quello che avevo tempo di vedere. Oh, e non indossava un'armatura come lei."

"Il nano che ho catturato io stesso," disse Amazarac con orgoglio, "Iris lo tiene prigioniero. Odia i nani, come già sai," e aggiunse in tono di conversazione rivolgendosi al paladino, "Ora che so che non ne ho bisogno, Immagino. Lascerò che lo uccida, se lo desidera. Eloise ha l'uomo, mi ha mandato un messaggio "Yasimina si chiese come avesse fatto a farlo; forse faceva parte del controllo magico che aveva su di loro, "quindi non dobbiamo preoccuparci neanche per lui".

Si fermò, inclinando la testa di lato, come se stesse ascoltando.

"La donna ... sì, qualcuno è entrato nello studio di Amora, dev'esserci lei. Beh, se non può catturarla, possiamo comunque neutralizzarla."

Fece un passo indietro verso il trono e posò di nuovo la mano sul globo.

"La porta dello studio è ora chiusa. Solo io e Amora possiamo aprirla. Quindi se quello sconosciuto sconfigge mia moglie, lei sarà intrappolata all'interno. Ma, se Amora la sconfigge ... allora, non abbiamo problemi."

"Tutti sconfitti", ha aggiunto con un sorriso, allontanandosi dal trono. "Ora non resta che scoprire come sono entrati e colmare il divario. E scoprire che fine ha fatto Kaminari". Si voltò verso Yasimina, guardando la sua forma aggrovigliata. "L'hai uccisa? Non risponde alle mie spedizioni e non è tornata. Quindi è morta o è prigioniera da qualche parte che non posso raggiungere. Quale opzione è?"

Il paladino naturalmente non disse nulla.

"No, pensavo che avresti avuto bisogno di più persuasione per dirmi qualcosa. Certo, ho potuto leggere nel pensiero di alcuni tuoi colleghi; non tutti possono essere protetti come te. Ma c'è un'altra possibilità."

"Ti senti, guerriero, come una donna d'onore e di principi", sputò fuori le parole, come se fossero una maledizione, "il tipo che sente il bisogno di aiutare gli altri. Forse vorresti 'salvare' i miei seguaci, senza dare Renditi conto che godono della mia compagnia e servono la mia Alta Maestà come dovrebbero fare tutti i mortali. Ma, sì, proteggi i deboli e tutta quella spazzatura, non puoi mai permettere agli innocenti di soffrire inutilmente. "

"Beh, a che altro servono gli innocenti? Sono inutili, giusto? Allora ti dirò cosa farò. I due uomini interessano poco, e so che sono prigionieri, ma l'altra donna Ah ora, potrebbe essere intrappolata, ma Amora non è troppo forte, quindi come faccio a sapere cosa è successo? Andrò lì e mi assicurerò che venga catturata, se non è già. la rete, poiché sembra essere impegnata con te in questo momento, ma non è che non abbia altri poteri. In ogni caso, lo catturerò e lo porterò qui. "

"Quindi, la torturerò e la stuprerò mentre guardi. Ogni volta che rispondi onestamente a una mia domanda, le risparmierò un po 'di dolore. Come ti sembra?"

Il paladino la fulminò, lottando per non permettere che l'odio e la rabbia mostrassero le sue emozioni.

Se fosse riuscito in qualche modo a portare a termine la sua minaccia, sarebbe potuto diventare impossibile, ma per ora era in grado di controllare la sua rabbia.

Questa creatura era davvero un mostro.

Amazarac sorrise, con un lampo divertito.

"Bene, vedremo, no?" chiese, la sua voce quasi allegra.

"È questo il genere di cose che ti piacciono?" disse, mantenendo la voce ferma.

Non voleva mordere il gancio, ma più a lungo poteva farlo continuare a parlare, più possibilità avrebbero avuto gli altri.

"Pensi di essere giustificato in quello che fai? Ti importa così poco dei sentimenti degli altri? La tua filosofia, se posso chiamarla così, è vuota e sterile."

"Oh, penso di no", rispose il demone, "se i deboli non desiderano essere dominati, non dovrebbero essere deboli. Sì, sono più potente di qualsiasi semplice mortale, ma è perché ho un potere soprannaturale nel mio vene, e sarebbe un insulto per me non usarlo. È mio diritto e mio destino governare sugli esseri umani ".

"Ed è piacevole, permettetemi di assicurarvi, il dominio forte sui deboli, perché questa è la via dell'universo. Senza di essa, saremmo tutti trascinati nel canale dai miagolii patetici dell'umanità. le loro vite inutili, senza niente. Ci sarebbe solo anarchia e anarchia del tipo più degradato ".

"Pensi che dovremmo aiutare le persone? Cosa dovremmo proteggere gli innocenti? Lascia che si proteggano da soli, se possono!

Non è così che sprechiamo le nostre energie facendo il loro lavoro per loro. I deboli mi disgustano, gli innocenti mi disgustano. fanno schifo, perché non hanno il coraggio di fare ciò che dovrebbero. E quelli a cui non piaccio ... sono fortunati se li lascio vivere. Sono potere e maestà, e un intelletto superiore che fa impallidire i comuni mortali di fronte a io. Non farò mai altro che abbassarmi alla sua stupida stupidità. "

"Le tue convinzioni sono una debolezza e te lo dimostrerò. Ti mostrerò quando violerò il tuo amico di fronte a te, e sai che non sei in grado di fermarlo. O mi dirai quello che voglio sapere, quindi dimostrando la tua inferiorità, o tradirai le tue ridicole regole d'onore. In ogni caso, avrò dimostrato che ho ragione e che tu avrai dimostrato che hai torto nelle tue convinzioni ".

"E tutto il tempo, mentre tormento la tua amica, tremerai di paura, perché sai che una volta che avrò finito con lei, sarà il tuo corpo a contaminare il prossimo. Pensaci, umano!"

Si diresse verso la porta, chiaramente disinteressato a qualsiasi altra conversazione, ma questa fu aperta ancor prima che arrivasse.

Una donna è entrata nella stanza.

Yasimina la riconobbe immediatamente come una delle harem, quella dalla pelle scura che sembrava essere una segretaria di qualche tipo.

"Ah, Amora," disse Amazarac, "vedo che devi avere ..."

"Bastardo!" gridò la donna, lanciando un pugnale in direzione del demone.

Era così scioccato che non cercò nemmeno di schivarla, restando lì con la bocca aperta mentre il coltello gli colpiva il petto.

Lo guardò con aria assente, e poi Amora.

"Non capisco ..." disse, tirando fuori il coltello con noncuranza.

Anche da dove era sdraiata, Yasimina poteva vedere che la ferita si chiudeva quasi istantaneamente, senza lasciare traccia attraverso il taglio della veste di Amazarac.

Dall'oscurità attraverso la porta proveniva un flusso di fulmini bianchi luminosi, e questa volta il demone si mosse, anche se non poteva evitarli tutti, ed esplose un'esplosione di luce che lo fece urlare di rabbia e dolore apparenti, mentre il suo le mani si mossero in un movimento per lanciare i propri incantesimi.

Mentre lo faceva, la pelle di Amazarac si increspò, il suo corpo si deformò e si trasformò mentre prendeva la sua vera forma.

Una pelliccia arancione e nera gli germogliava sulla testa e sulle mani, e una pelliccia più bianca sulle parti esposte del petto, dove la veste era stata tagliata e parzialmente spaccata.

La sua forma cambiava poco, tranne che per lo sviluppo di un fisico muscoloso ancora più potente, ma il suo viso era esteso in un muso simile ad un animale.

Ci volle solo un breve momento, e poi la vera forma di Amazarac fu rivelata.

Un umanoide alto, atletico, peloso con una testa a strisce che, a parte la colorazione, sembrava abbastanza simile a quella di un leone, anche se senza la criniera.

Denti forti e aguzzi brillavano mentre ringhiava, un ringhio disumano nel profondo della sua gola.

Yasimina non fu sorpresa di vedere Valeria precipitarsi nella stanza, uno scudo magico alzato di fronte a lei, e già preparandosi a lanciare un altro incantesimo.

Ma dov'era Conan?

Amazarac aveva insinuato che fosse stato catturato e, fino ad ora, non c'erano segni che Valeria fosse stata in grado di liberarlo.

L'elfa maga sarebbe stata in grado di sconfiggere il demone da sola?

La donna dai capelli rossi, Freya, attraversò di corsa la stanza, cercando quella che sembrava essere una bacchetta posta su uno dei tavoli.

Non era chiaro se intendesse usarlo lei stessa o passarlo ad Amazarac, sebbene la sua intenzione di proteggere il suo padrone fosse indiscutibile.

Ma non è mai arrivata al tavolo, poiché Amora la prese con un salto, facendola cadere a terra, dove i due iniziarono a litigare violentemente.

Yasimina stava iniziando a disperare per la sua impotenza quando lampi di energia magica iniziarono a volare attraverso la stanza.

Amazarac aveva sollevato uno scudo che deviava gli incantesimi, ma non aveva ancora colpito direttamente il suo aggressore.

Finora la battaglia era uniforme, ma non c'era nulla che il paladino potesse fare per aiutare.

Poi vide, con un'ondata di sollievo, Zula precipitarsi nella stanza, riparandosi dietro Valeria e poi dirigersi dritta verso la sua posizione.

La sua spada corta fu estratta e la usò per recidere i lacci della ragnatela magica.

Sfortunatamente, i fili sembravano essere molto resistenti ai tagli della sua spada.

Ma ovviamente non era stato così prima ...

"La mia spada è sul tavolo," mormorò al goblin, indicando con il braccio libero, "se la avvicini a me, posso lasciarla andare."

Zula annuì, afferrando la spada più grande e passandola in giro.

La spada era molto più affilata della spada corta del ladro, un'arma magica che si fece strada tra i suoi legami con facilità.

E mentre si alzava in piedi, vide Amazarac lanciare un altro incantesimo su Valeria, un malaticcio lampo di luce verde che fece cadere l'elfa a terra, la sua protezione sfrigolare e scomparire sotto l'attacco.

"Oh, odio il combattimento fisico," ringhiò il demone, la sua voce una fusa sorprendentemente morbida dato il suo aspetto bestiale, "ma in realtà oggi dovrò fare un'eccezione."

"Prova questo!" Gridò Yasimina, in piedi dietro di lui, con la spada alzata.

Il demone si voltò, con gli artigli aperti e i denti scoperti, solo per fargli affondare la lama nel petto, recitando alcune parole di preghiera sulle sue labbra.

Ha infuso l'arma con il suo potere divino, invocando l'ira degli dei sull'essere davanti a lei.

Una luce bianca e dorata correva lungo il bordo metallico come un fulmine, esplodendo dal torso peloso del demone.

Amazarac urlò, un ululato, un grido disumano, mentre il sangue nero sgorgava intorno alla spada.

Forse nessuna arma normale avrebbe potuto ferirlo, ma questa era una spada magica e, inoltre, era infusa con il potere sacro del paladino.

Tirò la spada verso l'alto, fendendogli la gabbia toracica mentre le sue mani artigliate rastrellavano debolmente l'aria.

Poi il demone cadde, scivolando via dalla lama, mentre altro sangue colava dal suo petto in frantumi, per diffondersi sul tappeto sotto il suo corpo.

La sua bocca si mosse una volta, ma non ne uscì alcun suono, poi si afflosciò, la sua lingua penzoloni, i suoi occhi scuri vitrei.

"Tutti stanno bene?" chiese, ansimando mentre stava in piedi sul cadavere, osservandolo attentamente per assicurarsi che non stesse facendo alcun trucco.

"Avrò bisogno di ... guarigione," ansimò Valeria, "e il tuo attacco è arrivato giusto in tempo. Quell'ultimo suo incantesimo ... non è stato affatto buono."

Si guardò intorno per vedere Amora che cullava Freya tra le sue braccia.

La rossa ora singhiozzava, le lacrime le rigavano il viso, aggrappandosi all'altra donna per il suo conforto.

L'incantesimo era finito e il controllo di Amazarac sulle donne era svanito per sempre.

"Eravamo in ritardo?" Conan era entrato nella stanza, accompagnato dalla donna barbara, che sembrava più composta di Freya.

Forse era più stoica, o forse il guerriero era riuscito a lanciare l'incantesimo per liberarla solo poco tempo prima, e da allora si era ripreso.

Come apparentemente sembrava Amora, immaginò Yasimina.

"È morto. È finita," disse semplicemente il paladino alle parole di Conan.

La donna barbara corse verso gli altri due componenti dell'harem, avvolgendoli con le braccia.

Sembravano aver bisogno del conforto l'uno dell'altro in quel momento, e Yasimina di certo non avrebbe negato loro questo.

"Bene," disse Conan, "era un mostro in ogni modo."

"Se lo meritava", ha detto Yasimina.

Non era qualcosa che diceva spesso, ma non aveva dubbi che fosse così anche oggi.

"Uh ..." disse Zula, guardandosi intorno, "e qualcuno sa dov'è Snagg?"

L'AVVENTURA CONTINUERÀ NEL VOLUME: CONAN IL BARBARO DECIMA PARTE

Milton Keynes UK
Ingram Content Group UK Ltd.
UKHW031831010924
447661UK00001B/91